모과를 선물로 받는다면

모과를 선물로 받는다면

초판 인쇄 · 2018년 2월 15일
초판 발행 · 2018년 2월 20일

지은이 · 김명렬, 김학주, 김재은, 이상옥,
　　　　정진홍, 이상일, 이익섭, 정재서
펴낸이 · 한봉숙
펴낸곳 · 푸른사상사

주간 · 맹문재 | 편집 · 지순이 | 교정 · 김수란
등록 · 1999년 7월 8일 제2-2876호
주소 · 경기도 파주시 회동길 337-16 푸른사상사
대표전화 · 031) 955-9111~2 | 팩시밀리 · 031) 955-9114
이메일 · prun21c@hanmail.net 홈페이지 · http://www.prun21c.com

ⓒ 2018 김명렬·김학주·김재은·이상옥·정진홍·이상일·이익섭·정재서

ISBN 979-11-308-1261-8 03810
값 18,000원

모과를 선물로 받는다면

김명렬, 김학주, 김재은, 이상옥
정진홍, 이상일, 이익섭, 정재서

푸른사상
PRUNSASANG

글을 짓는 노옹들

어느 도서관 낙성식에서, 그 도서관을 설계한 분이 축사를 하는 자리에서 그랬습니다. 사람들이 하는 일 중 중요한 일은 다 '짓는다' 고 한다고. 집을 짓고, 밥을 짓고, 옷을 짓고, 또 짝을 짓고. 그러고 보면 글도 짓는다고 합니다. 아예 '글짓기'라는 단어가 따로 있기도 합니다. 글 쓰는 일도 중요한 일이 분명합니다.

우리 모임은 글을 짓는 사람들의 모임입니다. 글을 짓되 평생 무 거운 글 속에 갇혀 있던 자리에서 퇴임한 만큼 좀더 자유롭게 가벼 운 이야기를 쓰면서 만년의 남는 시간을 보내자고 모인 모임입니 다. 간행사에도 한때 문학소년들이었던 때의 기개(氣槪)를 다시 살 려 보자는 포부가 들어 있지만, 내심 글을 향한 열정을 이어가고 싶 은 욕구가 있었을 것입니다. 그러니까 '독 짓는 늙은이'가 아니라 '글 짓는 늙은이'가 되고 싶었을 것입니다. 뜻이 모여 1년에 한 권씩 책을 냈습니다. 〈숙맥〉이라는 이름으로. 그게 어느덧 열 권을 넘어 이번이 11호가 됩니다.

1년에 고작 한 권씩이면 겨우 파적(破寂) 아니면 여흥(餘興)의 수준인데 그럼에도 우리 스스로는 이것을 대견해하고 있습니다. 어쩔 수 없이 기력(氣力)들이 쇠(衰)하여 가는 노년들이 10년이 넘게 처음 뜻을 꾸준히 이어 온 일이 쉬운 일만은 아니기 때문입니다. 가벼운 글이라 하지만, 글 쓰는 일이 아무리 가벼운 글이라 하여도 쉬운 일이 아니잖습니까. 흔히 생각을 옮기면 글이 된다고 생각하지만, 막상 머릿속에서 다 정리되었다고 해서 펜을 들어 보면 그때부터 또 생각이 몇 번이나 바뀝니까. 글 한 줄을 넣었다 뺐다, 이리 옮기고 저리 옮기고, 또 단어 하나, 구둣점 하나 가지고도 얼마나 씨름을 합니까. 그것은 그저 '짓는' 것만도 아니고, 그야말로 씨름이요 씨름이되 고투(苦鬪)가 아닙니까. 그것을 이 노년에 10년이 넘게 이어 온 것은 결코 작은 일만은 아닐 것입니다.

아직 무슨 할 얘기가 그렇게 남아 있느냐고 할지 모르겠습니다. 또 노인들이 말이 많은 것이 미덕만은 아니잖느냐고 할 수도 있습니다. 그러나 그렇지도 않습니다.

우리가 독일어를 공부하며 처음으로 읽은 소설이 대개 테오도르 슈토름(Theodor Storm)의 「임멘 호수(Immensee)」였을 것입니다. 그 소설의 첫 장(章)과 마지막 장이 다같이 Der Alte로 되어 있지 않습니까. 노인이 어린 날의 첫사랑을 회상하는 구성으로 된 소설인데 그

　　　　　　　　　　모과를 선물로 받는다면

첫머리와 끝에 노인이 나오는 장면이 늘 아름답게 느껴집니다. 지금 우리는 바로 그 소설의 Der Alte라는 생각이 듭니다. 우리가 쓰는 이야기는 대개 그런 회상들입니다. 낡은 사진을 들여다보며 그리운 이름을 되뇌는 것들입니다. 80년이란 긴 세월 켜켜이 쌓인 퇴적물에서 들쳐내는, 아름답기도 하고 아프기도 한 귀한 추억들입니다. 왜 할 이야기가 없겠습니까.

아니 회상이 아니어도 그렇습니다. 피아니스트들을 보면 가령 베토벤의 어느 소나타를 20대에도 치고 50대에도 치고 또 70대에도 칩니다. 꼭 같은 악보의 것을 치면서도 그때마다 해석이 달라지고 분위기도 달라집니다. 그런데 묘한 것은 만년의 연주들이 템포도 느려지고 박력도 떨어진 것이면서도 우리의 심금을 더 크게 울리는 때가 많다는 것입니다. 지금 우리는 지금 우리이기 때문에 쓸 얘기가 있습니다. 우리가 아니면 쓰지 못할 이야기들이라고 하는 것이 더 맞는 말일지도 모르겠습니다. 우리가 젊었을 때는 일흔이라는 나이가 어떤 나이인지, 그때가 되면 어떤 심정이 되는지, 여든은 또 어떤지 헤아려 볼 생각도 하지 않았지만 짐작조차 할 수 없었습니다. 그것을 우리는 생생히, 또 미묘한 부분까지 피부로 느낍니다. 석양은 이제 작열하며 위세를 떨칠 힘은 없으나 대신 아름다운 낙조를 만듭니다. 우리는 우리대로의 몫이 있다고 믿습니다.

그러나 역시 나이를 이기는 장사는 없어 지난해 남정에 이어 올해 향천이 또 우리 곁을 떠났습니다. 두 분 모두 바로 이 모임을 앞장 서서 만든 분들이며 이 모임의 성격도 바로 그분들이 세운 것이었 습니다. 그만큼 그분들의 빈자리가 큽니다. 이 모임을 계속 잘 이어 가기를 떠나는 자리에서까지 특별히 당부를 하기도 하였지만 앞으 로도 우리는 글에 대한 애정을 놓지 않으려고 합니다. 글로 사귀는 벗이, 좋은 글 한 줄을 놓고 함께 기쁨을 나눌 수 있는 벗이 얼마나 소중한지, 그 벗들이 모이는 모임이 누리는 기쁨이 얼마나 큰 은총 인지를 우리는 압니다. 어쩔 수 없이 필력(筆力)들이 떨어져 가고 있 으나 계속 힘을 모으고자 합니다.

2017. 12.

八十叟 茅山

차례 ◆◈◆

     모과를 선물로 받는다면

김명렬

깽깽이풀꽃 단상

　야생화를 사랑하는 사람들에게 진기하게 생긴 꽃을 들어 보라고 하면 해오라비난초나 광릉요강꽃을 꼽는 경우가 많겠지만, 예쁜 꽃을 들어 보라고 하면 아마도 깽깽이풀꽃을 택하는 사람이 많을 것이다. 나도 그중의 하나이다. 깽깽이풀꽃은 우선 아주 단정하게 생긴 꽃이다. 여섯 개의 꽃잎이 두 개씩 대칭으로 벌려 있고 그 가운데에 통통한 암술이 자리 잡고 있는데 그 주위로 또 여섯 개의 가는 수술이 옹위하듯 서 있는 완벽한 구조를 갖추고 있다.

　그러나 사람들이 이 꽃을 가장 예쁜 꽃의 하나로 꼽는 제일 큰 이유는 그 곱디고운 색깔 때문일 것이다. 꽃잎은 엷은 보라색에 약간 푸른 기가 도는 미묘한 색인데, 눈에 확 들어오게 산뜻하면서도 요란하다는 느낌은 전혀 주지 않으면서 그저 기품 있고 곱다는 느낌만 주는 색이다. 그 안의 날씬한 호리병 같은 암술은 붉은색이고 수술의 끝도 붉어서 주위의 푸른색 도는 꽃잎과 절묘한 색의 조화를 빚어내고 있는 것이다. 절묘하다고 한 것은 푸른색과 붉은색이 대조를 이룰 뿐만 아니라, 보라색 밑에 깔린 약간의 붉은 기운이 꽃술의 붉은색과 동족적 친화감도 함께 일으키기 때문이다. 이 미묘한 꽃 색깔 덕분에 자칫 도식성에 떨어지기 쉬운 구조의 정형성도 긍정적으로 작용한다. 그래서 이 꽃은 색깔과 모양, 그 모두를 다 갖춘 아름다운 꽃이 되고 있는 것이다.

그렇게 예쁜 꽃이 실낱같이 가는 꽃대 위에 피어서 어린애 숨결같이 작은 바람에도 한들거리는 것이다. '깽깽이풀'이라는 이름도 이렇게 줄기가 꽃을 간신히 이고 있다는 뜻에서 지어진 것이 아닐까 생각된다. 그러나 그 모양은 바람에 떨리는 보랏빛 가을꽃들처럼 처연하지 않다. 오히려 가녈핀 몸매의 소녀가 하늘하늘 춤을 추는 것 같이 경쾌하고 즐겁게 보일 뿐이다. 그래서 이 사랑스런 꽃을 대하면 저절로 즐거워지지 않을 수 없다.

내가 이 꽃을 처음 본 것은 6~7년 전 서산 근처의 어느 야산에서이다. 도록에서만 본 그 예쁜 꽃이 피어 있는 곳이 있다기에 우계와 모산을 따라 나섰던 것이다. 그런데 다른 데를 먼저 들러 가느라고 깽깽이풀이 있는 곳은 오후에 가게 되었고, 그 야산 밑에 이르렀을 때는 벌써 해가 상당히 기울어 있었다. 잰 걸음으로 오솔길을 올라가 꽃들이 피어 있는 곳에 도착해 보니까 실물은 도록의 사진보다도, 예상했던 것보다도 더 예뻤다. 우리는 환호를 하면서 부지런히 셔터를 눌러 댔다. 그러나 얼마 못 가서 해가 넘어가고 말아서 아쉬움을 가누며 산을 내려오고 말았다.

집에 오자마자 사진을 컴퓨터에 올려 보았다. 그런데 모양은 실

　　　　　　　　　　　　　　모과를 선물로 받는다면

물과 같다고 할 것이 있어도 빛깔까지 같은 것은 끝까지 다 봐도 안 보였다. 내 카메라가 똑딱이라 그러려니 하였는데, 며칠 후 우계와 모산이 올린 것을 보아도 내 사진보다는 더 잘 나왔지만 여전히 만족스럽지 못했다. 필경은 지는 햇볕이었기 때문일 것이라 여기고 다음에 햇빛이 좋을 때를 기대하는 수밖에 없다고 생각했다.

그러다가 실로 오랜만에 어제 좋은 기회가 왔다. 야생화 동호인 모임인 인디카의 회원 한 분이 경북 어느 야산에 깽깽이풀이 군락을 이루고 있다는 정보와 함께 차편까지 제공해 주어 모산과 더불어 오랜만에 원정 출사를 나가게 된 것이다. 이번에도 먼저 고분군이 있는 곳으로 가서 여러 가지 꽃을 찍고 난 다음 오후에 깽깽이풀이 있는 곳으로 갔다. 가보니까 얕으막한 야산의 한 경사면이 온통 깽깽이풀 밭이었다. 쾌청한 날씨에 정오를 조금 지난 4월의 태양이 머리 위에서 작열하니 모산이 늘 촬영의 제일 조건으로 여기는 햇빛은 더 바랄 나위 없이 좋았다. 꽃은 그렇게 지천인데 찍는 사람은 우리 셋과 그곳 꽃밭들로 우리를 안내한 또 다른 인디카 회원 한 분 해서 네 명뿐이니 대상을 마음대로 고를 수 있었고, 또 그것을 마음껏 오래 찍을 수 있었다. 우리는 서서 찍고, 앉아서 찍고, 누워서 찍고, 심지어 모로 누워서도 찍고─원 없이 다양하게 찍었다.

집에 와서 기대를 갖고 한 장 한 장 모니터에 올려 보았다. 여전히 빛깔이 문제였다. 햇빛을 정면으로 받은 것은 빛이 반사되어 색이 바랬고 억지로 그늘을 지어 찍은 것은 또 그늘 때문에 제 색이 안 났다. 가다가는 몇 개 실물과 비슷한 것이 있지만, 여전히 "이 색이다" 하고 만족할 만한 것은 없었다.

실망스러웠다. 그러나 컴퓨터를 끄고 생각해보니, 내가 바랄 것을 바라는 것이 아니었다. 꽃이라는 생명체가 빚어 낸 빛깔−그 보드랍고 연삭삭하고 촉촉한 꽃잎이 발하는 빛깔을 컴퓨터가 색소를 아무리 정밀히 조합한다 한들 저 번들번들한 광물질인 모니터를 가지고 무슨 수로 재현해 낼 수 있을 것인가? 꽃이 하도 예뻐서 집에서도 수시로 그 꽃을 보고 싶은 욕심과, 어느새 내 속에 깊숙이 자리 잡은 과학에 대한 과신이 그런 기적 같은 일도 손쉽게 이루어질 수 있을 것이라는 망상을 갖게 했던 것이다.

과학이 아무리 발달해도 그 예쁜 꽃은 저 산 위에나 있고 또 하나 그 보다는 불완전하지만 그래도 그것에 제일 가까운 것이 내 마음에나 있을 뿐이었다. 그러나 내 마음속의 영상은 다른 재생물이 실제와 같은지 여부는 가려 줄 수는 있지만 스스로를 재현해 내지는 못한다. 그러니 내가 바라는 빛깔의 꽃은 안타깝게도 산에만 있을 뿐이다. 사진은 실물을 대치할 수 있는 것이 아니라 실물의 기억을 되살려 주는 장치에 불과할 뿐이었다.

또 사진이 실물을 대치하지 못하는 것도 실망스러운 섯이 아니라 잘된 일이었다. 그 예쁜 빛깔의 꽃을 보자면 산을 올라야 하고 그런 수고를 치르고 나서 꽃을 보아야 그 꽃의 소중함을 실감할 것이기 때문이다. 방 안에 앉아 손가락 하나 까딱하여서 실물과 똑같은 것이 나온다면, 그래서 진짜와 가짜가 구별할 수 없게 된다면 세상에는 귀한 것이 없어질 것이다. 귀한 것이 없다는 것은 모든 것이 쓰레기가 될 수 있다는 것이다. 이 얼마나 살 맛 없고 무미한 세상인가? 그러나 진짜가 하나밖에 없으면 그것은 소중한 것이 될 것이고 소중하면 지키려 할 테니까 공존이 시작되고, 그것을 보존하려 할 테니까 폭력이 제어되고, 또 귀하면 가치가 있는 것이 되니까 위계가 생기고 해서 결국 세상에 질서가 서게 되는 것일 게다. 그러니 자연에고 예술에고 진짜는 하나밖에 없다는 것이 얼마나 다행하고 잘된 일인가?

(2017. 4)

도심 속의 야생화

금년에는 제대로 봄꽃 놀이도 못하고 봄을 지냈다. 얼마 전 기흥의 부아산(負兒山)을 등산하면서 그 근처 골프장 주위의 벚꽃이 좋다고 하여 등산 전에 둘러봤더니 가로수로 심은 벚나무마다 꽃이 구름처럼 피어 있었고, 어떤 곳은 양쪽 나무 가지들이 하늘을 가려서 꽃 터널을 이룬 곳도 있어 장관이었다. 그렇게 꽃은 지천이었지만 우리가 걸은 길의 대부분이 차도만 있고 인도가 없어서 빈번히 왕래하는 차를 피하느라고 마음 놓고 꽃을 쳐다볼 수 없었다. 꽃이 아무리 좋은들 즐길 수 있는 마음의 여유가 없었으니 어찌 꽃놀이라 할 수 있겠는가. 그러니 그날 벚꽃 구경은 꽃놀이라기보다 꽃 많은 길을 걸은 것이라고 하는 편이 옳다. 또 부아산은 원래 꽃이 별로 없는 산이어서 정상까지 갔다 오는 동안 진달래가 함빡 핀 나무를 몇 그루 본 것이 전부였다.

전에는 매년 진달래철이면 과졸업생들이 꽃구경을 겸한 등산에 초대해서 꽃도 보고 오랜만에 젊은이들과 환담도 나누어 나이를 잊고 하루를 지낼 수 있었는데 근자에는 그마저도 소식이 끊겼다. "내게는 이제 한 해도 허송할 수 없는 소중한 봄인데 이렇게 그냥 보내서야 되겠는가. 누가 불러 줄 때를 기다릴 것이 아니라 내 스스로가 가야지" 하고 속으로 벼르면서도 좀처럼 나서지지가 않았다.

꽃구경을 제대로 하자면 북한산 정도는 올라가야 하는데 이제는 그만한 등산도 내게 쉽게 나설 수 있는 걸음이 아니다. 또 그렇게 힘들여 하루 길 등산을 하자면 꽃그늘에 앉아 술 한잔 같이 나누거나 그도 못 하면 산길을 같이 걸으면서 말벗이라도 되어 줄 친구라도 있어야 할 터인데, 어느덧 그럴 만한 친구도 별로 남아 있지 않은 것이다. 그래서 동네 뒷산에서 진달래나 좀 본 것으로 올해 봄꽃 맞이는 끝이라고 생각했다.

그런데 오늘 아침 운현궁 앞을 지나다가 길가 작은 화단에 꽃들이 피어 있는 것을 보았다. 그것도 흔히 보는 화초가 아니라 야생화들이었다. 지난주에는 없었으니까, 필경 주말쯤에 모종을 한 것들이 그동안 내린 봄비에 착근이 되어 꽃까지 핀 모양이었다. 깊은 산으로 봄꽃맞이를 못 가 섭섭했던 나에게 이것은 뜻밖의 고마운 선물이 아닐 수 없었다.

범부채는 아직 꽃이 안 나왔지만 비를 맞아 탱탱하게 물이 오른 잎이 부챗살같이 죽죽 뻗어서 여간 힘차고 싱싱해 보이지 않았다. 돌단풍도 단풍 모양의 단정한 잎이 깨끗이 씻겨 있었고 곧은 꽃대 위에 무리 지어 핀 엷은 미색 꽃도 비에 젖어 한층 더 청초하였다. 그 곁에 역시 함초롬히 빗물을 머금은 매발톱도 고개를 숙이고 있었는데 산에서 흔히 보는 주황색이 아니라 요즘 원예종이 되다시피 한 산뜻한 남색이어서 더욱 눈을 시원하게 해 주었다.

심심산골에서나 볼 수 있는 이 고운 꽃들을 도심에서 만나다니! 반가움으로 가슴이 찌르르하여 목 뒤로 소름이 돋을 지경이었다. 자연 속에서 이 꽃들을 만나려고 얼마나 많은 산야를 헤맸던가. 4, 5년 전만 해도 봄부터 가을까지 곰배령, 금대봉, 선자령, 등 야생화의 명소들은 물론이고 인적 드문 강원도 산골짜기, 충청도 바닷가와 외딴섬까지, 야생화 촬영에 나선 우계와 모산을 따라 나도 꽤나 꽃밭을 찾아 다녔다. 성당(盛唐)의 시인 전기(錢起)는 친구가 "꽃 아래 취해 잠들어 호접몽(胡蝶夢) 속에서 날아다닐 것이 부럽다(羨君花下醉, 胡蝶夢中飛)" 했지만, 우리는 생시에 꽃에 취해 나비같이 꽃을 좇았고 그것을 꿈속같이 즐겼으니 호접몽이 따로 부럽지 않았다. 보느니 꽃이요, 생각느니 꽃뿐이었으니 세상살이 걱정도 다 잊었고 나이도 잊었다. 돌이켜 보면 눈부신 태양 아래 갖가지 꽃들이 난만히 피어 있고 어디선가 맑은 웃음소리만 쟁쟁이 울려오는 낙원 같은 장면뿐이다. 70대에 그렇게 청춘같이 아름다운 삶을 살았으니 그보다 더 큰 축복이 어디 있겠는가.

그러다가 모산이 강릉 방언 사전 편찬에 몰두하면서 탐화 여행을 중단하게 되었고, 늘 그의 차를 편승하던 나도 덩달아 꽃놀이와 멀어지게 된 것이다. 우계 혼자 아직도 정력적으로 출사를 다니지만 사는 곳이 서로 떨어져 있어 그간 탐화 여행을 같이 한 것은 고작 한두 번뿐이다. 그 아쉬움이 늘 마음 한편에 남아 있다가, 오늘 뜻밖에 길가에서 야생화를 보자 그때의 찬란한 기억들이 되살아나면서 내 가슴을 저리도록 조이게 했던 것이다. 그래서 익히 아는 꽃들이건만 처음 보는 것처럼 보고 또 보았다.

그렇게 한참을 들여다보고 나서도 나는 그 자리를 얼른 뜨지 못했다. 그것은 그 꽃들이 그토록 반가웠으면서도 한편으로는 안쓰러웠기 때문이다. 화단이라고 하지만 한적한 마당 안이 아니라 차도에 붙어 있는 한데서 바로 한두 자 곁에 자동차들이 줄지어 지나가고 있었다.

'오늘은 새벽까지 비가 내려서 공기가 아직 청신하지만 조금 지나면 어김없이 매연으로 오염되겠지. 한밤까지 끊이지 않을 이 소음은 또 어쩔 것인가? 깨끗하고 조용한 곳에서 아침저녁으로 맑은 이슬을 머금으며 살던 것들이니 이 시끄럽고 독가스로 가득 찬 곳에서 얼마나 견뎌낼 수 있을까?'

문득 김동명의 「파초」가 떠올랐다. 고향을 떠나온 이 풀꽃들은 조국을 떠나온 파초보다 더 가련한 존재였다. 그 파초는 추위에 상하지 않게 방 안에 들여 놓고 돌볼 애호가나 있지만, 이 꽃들은 돌보는 사람도 없고 돌볼 수도 없는 사지(死地)에 던져진 것이 아닌가? 할 수만 있으면 캐다가 다시 산에다 심어 주고 싶었다. 눈을 들어 북한산 쪽을 바라다보니, 촘촘히 들어선 건물들 사이로 산등성이가 조금 보였다. 그러나 그곳도 이미 이 꽃들이 살 만큼 청정한 곳이 아니다.

하릴없이 발길을 돌리면서 나는 혼자 중얼거렸다.

"모든 생명이 있는 것들은 당연히 살기를 원할 것이니 저 야생화들도 이 살벌한 환경 속에서 살아남으려고 처절한 안간힘을 쓰고 있겠지. 저들을 이 지경에 몰아넣은 것도 인간이고 저들을 구할 수 있는 것도 인간이언만, 차를 타거나 걸어서 이곳을 지나가는 사람들 중 몇 명이나 저 꽃들에 관심을 가질 것이며, 또 그중의 몇 명이 저들의 소리 없는 비명을 들을 것인가?'

(2016. 4)

설악

산 좋아하는 사람들이 대개 그렇듯이 나도 우리나라의 큰 산 중에 설악을 제일 많이 등산했다. 80년대 중반부터 근 20년을 매년 한두 번은 설악을 올랐다.

설악은 모든 계절이 다 좋았다. 이름조차 설악(雪嶽)이니 설경은 당연히 빼어났다. 겨울에 눈이 내리면 7, 8부 고지까지는 눈이 쌓이지만 그 위로는 눈도 내려앉을 수 없이 가파른 봉우리들이 키 자랑이나 하듯 경쟁적으로 흘립(屹立)해 있었다. 부드럽게 싸인 흰 눈을 뚫고 창극(槍戟)같이 날카롭게 치솟은 검푸른 암봉들은 장엄미의 한 극치를 이루었다. 허위단심 영마루에 올라서서 얼음같이 차고 맑은 바람을 맞으며 그 경관을 조망하는 맛이 하도 장쾌해서 눈길에 어프러지고 고프러지면서도 기회가 닿으면 겨울 등산을 마다하지 않았다.

봄에는 무언가 미세한 것들이 여기저기 꼬물꼬물 움직이고 소곤 소곤 속삭이는 것 같은 은밀한 분위기가 그 큰 연두색 산을 감쌌다. 그 안에 들어가면 겨우내 잠들었다가 새로 깨어나 작동하기 시작하는 생명의 작용을 눈으로 귀로 온몸으로 느낄 수 있었다. 그런 정밀한 느낌은 조용한 가운데에서나 감지되는 것이기에 일반인의 입산이 허가되기 전에 특별히 허가를 받아 가서 즐기곤 하였다. 또 아래는 새잎이 돋고 꽃들이 피어나지만 꼭대기에는 잔설과 얼음이 남아 있어 두 계절을 한꺼번에 즐길 수 있는 것도 적지 않은 재미였다.

여름의 설악은 녹음의 천지였다. 아래에서는 숨이 턱턱 막히게 더워도 계곡으로 들어가면 서늘한 산기운이 더위를 막아 주고 짙은 녹음에서 풍기는 청신한 공기가 정신을 맑게 해 주었다. 물그림자가 어룽거리는 계곡물이 하도 맑아서 내려가 손을 담그면 그 시원함이 얼굴을 씻기도 전에 등골까지 서늘하게 해 주었다. 그렇게 몸을 식히며 맞은편 벼랑을 쳐다보며 앉았노라면 바다로 피서 가지 않은 것이 잘한 결정이었음을 재삼 자찬하지 않을 수 없었다.

그러나 설악의 경관 중 압권은 단연 가을의 단풍이었다. 왜냐하면 그것은 색색의 단풍뿐만 아니라 하늘과 태양과 바위와 물이 함께 어우러져 빚어 내는 설악의 총체적 예술이기 때문이었다. 그래서 산꾼들에게 단풍 산행은 매년 꼭 거쳐야 하는 연중행사로 되어 있었다. 나도 설악산 단풍을 못 보고는 한 해를 보낼 수 없는 것처럼 여겨서 단풍철 설악 등반은 거른 해가 거의 없었다. 천불동은 물론이고 가야계곡, 수렴동계곡, 주전골, 십이선녀탕, 화채능선 등 단풍이 좋다는 곳은 순례하듯 두루 찾아 다녔다.

그렇게 여러 번 갔건만 갈 때마다 경관은 처음처럼 경이로웠고,

모과를 선물로 받는다면

그래서 갈 때마다 감흥도 새로웠다. 설악의 깨끗한 공기와 맑은 물, 급격한 일교차가 빚어내는 단풍은 그만큼 다른 어느 산의 단풍보다 빛이 짙고 선명했던 것이다. 파란 하늘을 배경으로 하고 단풍을 역광으로 볼 때 햇빛을 받아 반투명체로 밝아진 선홍색 단풍잎이 하늘색과 어우러져 이루는 색의 향연은 언제나 숨을 멎게 할 지경이었지만, 하얀 돌 위를 흐르다 고인 옥색 물속에 비친 단풍의 영롱함은 또한 얼마나 여러 번 나의 넋을 빼앗았던가. 냇물 위 깎아지른 벼랑 틈에 뿌리 박고 선 단풍나무 한 그루가 흑감색 암벽에 불을 붙이듯 타오르던 모습이나, 단풍이 터널을 이루어 그 안을 지나는 사람까지 붉게 물들이던 것 등, 지금도 생각나는 절경들이 수없이 많다.

그런 절경 중에서도 제일 기억에 남는 장면을 꼽으라면 화채능선에서 본 단풍일 것이다. 어느 해 그 능선길을 가다가 내려다본 칠선폭포의 단풍이 하도 고와서 학교에 와 "칠선폭포의 단풍이야말로 천하일품"이라고 떠들어 댔더니 그 얘기를 듣고 모산이 따라 나선 그 다음 해 가을 등산 때였다.

그날은 처음서부터 날씨가 흐리더니 대청에서 동쪽으로 꺾어 화채능선으로 접어들자 비가 흩뿌리기 시작했다. 단풍놀이에 비가 많이 오면 안 되지만, 조금 오는 것은 단풍 빛을 더욱 맑게 해 주기 때문에 우리는 괘념하지 않고 내처 걸어 나아갔다. 능선은 갈수록 칼날같이 좁아져서 왼쪽으로 칠선계곡이 내려다보이는 곳까지 왔을 때에는 두 사람이 교행하기도 여유롭지 않을 정도가 되었고 그 양쪽은 천인절벽이었다. 그런데 폭포가 있는 계곡 쪽을 내려다보니 안개가 자욱이 끼어 아무것도 안 보였다. 거기서 더 가면 칠선계곡은 다시 볼 수 없게 되기 때문에 우리는 거기 앉아 안개가 걷히기를 기다렸다. 그 단풍을 보려고 온 모산을 위해서뿐만 아니라, 그날 우리들의 단풍 구경의 하이라이트도 바로 그것이었기 때문이다.

한 10여 분을 기다렸으나 안개는 걷힐 기미를 보이지 않았다. 하산하여 저녁 먹고 고속버스를 탈 시간이 빠듯한지라 더 기다리지 못하고 일어서려는 때였다. 계곡의 한가운데, 까마득히 먼 곳의 안개가 살짝 벗겨지면서 실낱같이 가는 하얀 폭포가 보이더니 곧이어 그 주위로 선혈같이 붉은 단풍이 드러나는 것이 아닌가. 모두가 "야!" 소리를 지르며 뛰어 일어나면서 어린애들같이 환호하였다. 고대하던 광경이 그렇게 극적으로 나타나자 우리는 마치 무슨 신비한 초자연적 현상을 목격하는 사람들처럼 넋을 놓고 그것을 바라다보았다. 그 순간 우리는 모두 황홀하였다. 환희에 겨웠다.

그 환시(幻視) 같은 광경이 한 20초나 지속되었을까? 계곡은 다시 안개로 덮였고 칠선폭포도 꿈같이 사라지고 말았다. 그러나 그 짧은 시간에 본 선경(仙境)의 아름다움은 우리의 뇌리에 평생 지워질 수 없게 깊이 각인되기에 충분했고, 그때의 기쁨과 감격은 젖은 솜처럼 우리를 짓누르던 피로를 깨끗이 날려 주고도 남음이 있었다. 모산은 "그때 그 자리에 앉은 채로 세상을 떠도 좋다고 생각했어"라고 나중에 회상할 정도로 열락에 도취했었다. 그 이후 권금성에 이르는 거친 도정에 우리를 지탱해 준 힘도 필경 그 순간에 느낀 흥분과 희열에서 비롯한 활력이었을 것이다.

그 기쁨, 그 즐거움이 왜 그리 특별할까? 설악의 무엇이 우리를 그토록 매료하는 것일가? 그것은 설악에서 보는 아름다움은 우리가 일상에서 보는 경치의 아름다움과는 전혀 다른 유의 것이라는 데에 기인할 것이다. 칠선폭포가 안개 속에서 나타나던 순간 나는 그 절벽 꼭대기에서 폭포를 향해 뛰어내리고 싶은 충동을 강하게 느꼈었다. 몸을 날리면 수직으로 떨어지는 것이 아니라 허공을 둥둥 떠서 안개 위를 미끄러져 폭포 앞에 사뿐히 내려앉으리라는 믿음이 거의 확신에 가까웠던 것이다. 나는 앞서 칠선폭포의 아름다움을 "선경의 아름다움"이라고 했는데 칠선폭포뿐만 아니라 내가 서 있는 곳도 선경이고 그곳 전체가 선계이어서 나도 신선이 된 것 같은 착각이 든 것이었다. 그만큼 그곳은 우리가 아는 일상의 세상과는 다르다는 느낌을 주는 곳이었다.

사실 설악에 들면 모든 것이 달랐다. 하늘이 다르고 땅이 다르고 물이 다르고 공기가 달랐다. 무엇보다도 그곳에 미만해 있는 기(氣)가 달랐다. 도시는 사람과 기계가 주인 노릇을 하는 데이지만, 그곳은 산이 주재(主宰)하고 산기운이 지배하는 곳이었다. 예컨대 설악에서는 산이 허락하는 곳만 갈 수 있다. 등산철에 사람이 그렇게 많이 가도 좁은 등산로를 따라 한 줄로 갈 수밖에 없는 곳이 설악이다. 그 길에서 한 발자국만 벗어나도 발붙일 데도 없는 곳이 대부분이기 때문이다. 그래서 설악은 그 좁은 등산로를 제외하고는 거의가 인간의 발이 닿지 않은 청정 지역이다. 또 그래서 산이 그 많은 인간을 다 품고도 언제나 의연히 제 모습 그대로일 수 있는 곳이다.

나는 지금도 설악산에 처음 갔을 때에 느낀 그 위압적인 산기운을 역력히 기억하고 있다. 60년대 초반 가을 날 땅거미가 질 무렵이었다. 설악동에서 차를 내리자 한쪽에 하늘을 찌를 듯한 바위산들이 늘어서 있었다. 나는 그렇게 삐죽삐죽 치솟은 바위산은 태어나서 처음 보았다. 조금 더 걸어 들어가자 좌측에 곧 권금성이 나타났다. 나는 우선 그 직벽에 가까운 거대한 바위산의 위용에 압도되었다. 그 앞에 서자 포르스름한 자하가 서려 있는 산봉우리에서 내려오는 써늘한 산기운이 마치 쏴 소리를 내며 쏟아지는 폭포수같이 나를 엄습했다. 그 산기운을 맞으며 나는 전신이 오싹했고, 그 순간 그곳이 인간세상이 아닌 별유천지(別有天地)임을 직감했다.

설악이 특별한 점은 바로 그것이었다. 설악의 아름다움이 선계의 아름다움으로 느껴진 데서도 알 수 있듯이, 설악은 별유천지인 것이었다. 그런데 그 별유천지가 신화나 꿈속에나 존재하는 비현실적인 세상이 아니라 우리가 온몸으로 느낄 수 있는 현실 속에 존재하는 다른 세상인 것이었다. 그 태초의 천지처럼 청결하고 영험한 정기가 서린 산천에서 우리는 세상이 마땅히 그래야 하는 모습을 보았고, 항거할 수 없는 위엄을 갖고 군림하는 산 앞에서 미물처럼 왜소해지는 자신을 느끼면서 자연과 인간이 마땅히 그래야 하는 관계를 새삼 깨달았던 것이다. 그런 체험은 우리의 심신에 강력한 정화 작용을 해 주었다. 터무니없이 부풀어 있던 인간의 자만심과 속기(俗氣)를 일거에 뽑아내 주었을 뿐 아니라 온몸에 배어 있던 오염물질도 깨끗이 씻어내 주었다. 그것들이 빠져나간 자리에 겸손과 신선한 산의 정기를 채우고 우리는 새 사람이 되어 돌아올 수 있었던 것이다. 그래서 마치 궂은일을 하는 자가 자주 목욕을 해야 하듯이 우리는 도회 생활을 하면서 1년에 한두 번은 설악을 찾아 몸과 마음을 닦았던 것이다.

모과를 선물로 받는다면

"산은 높아서가 아니라 신선이 있어야 명산이다(山不在高 有仙卽名)"—「누실명(陋室銘)」의 첫 구절이다. 설악에게 맞는 말이다. 설악은 남한에서 제일 높지는 않아도 가히 신선이 거할 만큼 영기가 서려 있기 때문이다. 나는 설악의 푸른 이내에서 그런 영기를 느꼈다. 내게는 그것이 청정의 증거이고 선계의 징표였던 것이다.

설악을 못 오른 지 어느덧 20년에 가깝다. 그러나 설악의 산봉우리들에 여전히 그 취미(翠微)가 어려 있다면 설악은 내가 아는 설악, 그 명산 그대로일 것이다.

(2017. 7)

『불멸의 함성』을 정리하면서

미국의 리처드 올틱(Richard D. Altick) 교수는 서지학의 대가로서 고서 연구를 하다가 알게 된 진기한 이야기를 엮어 『학자 탐험가들(*The Scholar Adventurers*)』이라는 책을 냈는데 이 책에는 학자들이 진실을 추구하는 추리 과정이 탐정소설을 방불케 하는 이야기가 많다. 한 가지 예를 들면 이렇다.

19세기 영국의 유명 작가들은 작품을 정식으로 출판하기 전에 가까운 친지들에게 먼저 돌리기 위해서, 또는 판권을 확보하기 위해서 약간의 팸플릿 판을 먼저 출판하곤 했다. 이 팸플릿 초판본이 고서 수집가들 사이에 고가로 거래되었는데 카터(Carter)와 폴라드(Pollard)라는 젊은 서지학자들이 이것들의 진위에 관심을 가졌다. 특히 엘리자베스 브라우닝(Elizabeth Barrett Browning) 작 『포르투갈인의 소네트(*Sonnets from the Portuguese*)』의 팸플릿 초판본에 의심을 품게 되었다. 엘리자베스와 로버트 브라우닝이 이탈리아로 사랑의 도피를 한 것은 당시 대단히 센세이셔널한 사건이었고 그래서 이 위대한 로맨스의 진수라고 할 수 있는 이 시집의 초판본은 수집가들이 특별히 선호하는 품목이 되었던 것이다. 빅토리아 시대에 막강한 권위를 누렸던 학자 겸 문필가 고스(Edmund Gosse)에 의하면 브라우닝 부부가 피사(Pisa, 이 장소도 잘못된 것으로 나중에 판명되었다)에 있었던 1847년 어느 날 아침 엘리자베스가 수줍어하면서 원고 뭉치를 식탁에 앉아 있던 브라우닝의 주머니에 넣고는 자기 방으로 도망쳐 올라갔는데 그것이 바로 『포르투갈인의 소네트』의 원고였다는 것이다. 같은 해, 즉 1847년에 레딩(Reading)에서 이 시집의 팸플릿 판이 나왔는데 이 젊은 학자들은 이것에서 이상한 냄새를 맡았던 것이다.

첫째, 브라우닝 부부나 그의 친지들 누구도 이 팸플릿에 관해 언급한 바가 없었다. 둘째, 이 팸플릿은 1847년에 발행됐다고 표기되어 있는데 귀중 도서 거래 기록을 조사해 보니까 1880년대 이전에는 거래된 적이 없었다. 셋째, 이 팸플릿은 나오면 한꺼번에 여러 권이 나왔는데 그것들이 모두 민트 상태(조폐창에서 새로 찍어낸 화폐처럼 사용한 흔적이 전혀 없는 상태)였다. 넷째, 이것이 결정타인데, 브라우닝 자신의 증언에 의하면 그 유명한 아침 식탁에서의 사건은 1847년이 아니라 1849년에 일어났다는 것이다.

마지막 한 가지 사실로도 이 팸플릿이 위서(僞書)라고 주장할 수 있으나 이 젊은 학자들은 확실한 물적 증거를 원했다. 그래서 이들은 그것을 위해 과학적인 방법을 동원했다. 이 팸플릿에 사용된 활자의 모양이 특이한 것이어서 조사해 보니까 그런 폰트의 활자는 영국에 1880년대 이후에 소개된 것이었다. 종이의 재질을 분석해

보니까 화학 처리를 한 목재 펄프로 만든 종이였는데 이 역시 1880년대서부터 쓰기 시작한 것이었다. 이로써 그 팸플릿은 1847년에 나올 수가 없는 위서임이 확실히 증명된 것이다.

그러면 이 대담한 사기극을 꾸민 범인은 누구인가. 카터와 폴라드는 계속해서 이 범인의 정체를 한 꺼풀씩 벗겨 나간다. 그것은 나라의 기둥으로 믿었던 고관대작의 인사가 적국의 스파이라는 사실을 조금씩 밝혀 나가는 것만큼이나 흥미진진하고 놀라운 이야기지만 너무 장황하여 여기서는 생략하기로 한다.

학자들이 이처럼 위서를 밝혀 내려고 애쓰는 것은 단순히 호기심을 만족시키거나 흥미를 위한 것도 아니고 금전적 이득을 얻기 위한 것도 아니다. 위서는 서지학 연구에 혼란을 가져올 뿐만 아니라, 권위 있는 자료로 잘못 인정되는 경우(위서는 대부분 원고나 초판본으로 위장한다) 정본 확립을 목적으로 하는 본문 비평에 심대한 오류를 일으킬 수 있기 때문에 이를 제거해야 하는 것이다. 여기서 위의 일화를 언급한 것도 지난 2년 반에 걸쳐 6~7명의 연구원들과 더불어 상허 이태준의 작품을 정리하는 동안, 이렇게 엽기적인 사건도 아니고 그 발견 과정이 이렇게 극적인 것도 아니지만, 우리도 현재 나와 있는 한 작품의 일부가 위작된 것을 찾아냈기 때문이다.

상허의 작품을 정리한다는 것은 작자가 의도한 바에 가장 가깝게 본문을 확정하여 현대 철자법으로 고쳐 놓는 것을 뜻한다. 그 작업을 위해서 우리는 우선 수정과 편집이 가능한 한글 파일을 작성해야 했다. 1988년 월북 작가 작품이 해금(解禁)되자 두 출판사(편의상 A출판사, B출판사로 각각 지칭한다)에서 상허의 전집을 내었다. A출판사는 8월에, B출판사는 한 달 후인 9월에 전집을 발행하였는데 B출판사에서는 원본을 밝혀 가며 본문을 정리했을 뿐 아니라, 그것을 현대 철자법에 맞춰 고쳐 놓았으므로 우리는 B출판사본을 저본으로 삼아 한글 파일을 작성하였다. 그것을 가지고 처음에는 최종본과, 다음에는 최초본과 대조해 가며 본문을 확정해 나갔다.

상허의 주요 작품들은 거개가 먼저 잡지나 신문에 실렸고 나중에 단행본으로 나왔기 때문에 그런 것들은 최초본과 최종본을 찾는 데에 큰 어려움이 없었다. 그런데 장편 중에는 단행본으로 나오지 못한 것들이 있었다. 『불사조』는 신문에 연재하다가 월북하여 중단된 미완성 작품이니까 당연히 단행본이 없지만, 『성모』와 『불멸의 함성』은 끝까지 연재되었음에도 어쩐 일인지 단행본으로 나오지 못했다.* 할 수 없이 이것들은 최초본을 갖고 두 번을 검토하기로 했는데, 특히 『불멸의 함성』은 신문 보존 상태뿐만 아니라 복사 상태도 나빠서 판독에 애를 먹인 곳이 많았다.

우리가 『불명의 함성』의 1차 대조 자료로 사용할 수 있었던 것은 국립중앙도서관 소장 『조선중앙일보』 영인본과 국사편찬위원회 소장 영인본, 그리고 연세대학교 도서관 소장 영인본이었다. 앞의 두 개는 복사 상태가 좋지 않은 반면 연세대 본은 상대적으로 상태가 좋아서 주로 이것을 참조하였는데 문제는 소설의 전반부 정도밖에

---

* 이 두 작품은 어느 작품 목록에도 단행본으로 출판된 기록이 없다. 『성모』에 관해서는 상허가 어떤 글에서 신문 연재를 스크랩해 놓지 못한 것이 아쉽다는 얘기를 한 것은 있다.

볼 수가 없다는 것이었다. 1차 검토를 할 당시는 이 신문의 전산화가 다 완료되지 않아서『불멸의 함성』후반부에 해당되는 부분은 일반에게 공개되지 않았던 것이다.

그런데 하필 후반부의「만나러 온 사람」이라는 장(章) 끝에서 이상한 점이 발견되었다. 신문 연재 한 회분 정도의 글이 두 번 나온 것이다. 즉 249회 다음에 251회가 나오고 그다음에 한 회분의 글(이것을 편의상 'X문건'이라 하겠다)이 있고 다시 251회가 나온 것이다. 우리가 한글 파일을 만들 때 저본으로 삼은 B출판사본이 그렇게 되어 있었던 것이다. 그래서 앞의 251회분을 빼 버렸더니 문맥이 통했다. 그러니까 우리는 자연히 249회와 251회 사이의 X문건을 250회의 글로 생각하게 되었다.

그러나 확신은 할 수 없었다. 왜냐하면 원본인 국립중앙도서관본에도, 국사편찬위원회본에도 250회는 나와 있지 않기 때문이었다. 249회는 1935년 3월 17일자 신문에, 251회는 3월 20일자 신문에 게재되어 있는데, 3월 19일자 신문에는『불멸의 함성』이 실려 있지 않고 18일자 신문은 두 곳에 다 낙장(落張)으로 없었다. 그러나 B출판사본뿐만 아니라 A출판사본에도 249회 다음에 X문건이 나오고 그다음에 251회로 그 장이 끝나고 있으므로 X문건이 250회의 글이라는 믿음은 확신에 가까워졌다. 아마도 두 출판사는 우리가 모르는 다른 소스를 갖고 있고 거기서 250회분인 X문건을 찾아 실었으리라고 우리는 추정했던 것이다.

그리고 1년이 지나 2차 검토를 할 때는 연세대의『조선중앙일보』전산화가 완성되어『불멸의 함성』을 끝까지 볼 수 있게 되었다. 아

모과를 선물로 받는다면

닌게 아니라 검토자는 3월 18일자 신문에서 250회를 찾아내었다. 그런데 그 내용이 X문건과 전혀 달랐다. 그는 신문 어디에서도 X문건을 찾아볼 수 없었으며 그래서 그것은 위작된 것일 거라는 의견을 덧붙였다.

"전집을 낸 두 출판사에서 상허의 글로 실어 놓은 한 면 반이나 되는 긴 글이 위서라?" 이건 보통 일이 아니었다. 우리는 사무실에서 연세대 소장 영인본을 직접 띄워서 다시 검토해 보았다. 역시 250회는 분명히 있는데 X문건은 어디에도 없었다. X문건은 문맥상 249회와 251회 사이에 낄 수밖에 없는 글인데 250회가 나왔으니 위서일 수밖에 없었다.

그러나 우리는 그 문건 안에서 위서라는 증거를 찾고 싶었다. 그래서 찬찬히 X문건을 다시 읽어 보니까 위서임을 가리키는 내적 증거들이 나타났다.

그것을 설명하기 위해서 이 대목의 내용을 간단히 소개하지 않을 수 없다. 주인공 두영을 열렬히 사랑하던 적극적인 여성 정길이가 갑자기 자기를 단념해 달라는 편지를 남기고 평양의 자기 집으로 가 버리자 두영은 그녀를 찾아 평양에 온다. 그러나 정길의 집에서 한 청년으로부터 그녀가 결혼했다는 말을 듣고 두영은 실의와 절망에 빠져 비 오는 거리를 향방 없이 걷는 것으로 249회가 끝난다. 그런데 251회에서 두영이 부벽루를 거니는 장면이 나오므로 그 사이에 부벽루에 가는 것은 반드시 나와야 한다. 두 글에 나타난 이 장면을 대조해 보면 시사하는 바가 있다.

[X문건]

마음은 당장 집안으로 들어가 정길이가 어디에 있는지 알아내어 데려오고 싶으나 발걸음은 무슨 무서운 짐승을 보고 놀란 것처럼 영 떼어지지 않았다. 정신 나간 사람처럼 멍하니 한참 서 있다가 무작정 걸음을 옮겨 이곳저곳으로 거닐다보니 어느새 부벽루에 와 있었다.

[250회]

두영은 다리가 피곤한 것도 깨닫지 못하고 그냥 정한 데 없이 시가를 방황하다가 한편 구석에서 대동문이 나타나는 것을 보았다. 그리로 가 보니 대동강이 나왔다. 두영은 청류벽을 향해 걸어 올라갔다.

"정말이냐 정길아? 아모리 네게 사랑이 없이 결혼하였다 하더라도 그게 지금 나에게 무슨 위안이 되느냐?"

두영은 낙수물 소리만으로 텅 빈 부벽루에 올라 처음 이렇게 정길을 원망해 보았다.

250회 글에 나타나 있듯이 부벽루는 대동강 가에 있지만 깎아지른 절벽인 청류벽 위에 있는 누대이다. 그러니까 X문건에서처럼 시내를 방황하다가 자기도 모르는 새에 당도할 수 있는 곳이 아니라, 시가지에서 벗어나 언덕길을 상당히 올라가야 이를 수 있는 곳이다. X문건의 필자는 단지 뒤에 나오는 부벽루와 연결을 짓기 위해서 부벽루를 언급한 것인데 그 위치를 모르니까 전혀 사정에 맞지 않는 기술을 한 것이다.

또 한 가지는 두영이 과거를 회상하는 부분에서 나타난다. 두영은 특히 여러 가지 정길의 표정을 회상하며 그녀를 잃은 것을 애달파한다. 그것들을 열거하면, 자기의 사랑을 끝내 무시하겠냐 하던 "당돌한 정길의 얼굴"과, 두영이 일하는 광산의 위험을 늘 걱정한다고 하던 "다정하던 정길의 얼굴"과, 두영과의 관계를 끊지 않으면 필경 퇴학을 시킬 학감의 위협이 무섭지 않다고 하던 "당당한 정길의 얼굴"과, 원옥과의 관계를 캐물은 것을 후회한다고 하던 "조심스런 정길의 얼굴"이다.

직접 인용된 부분들이 보여 주듯이, X문건의 필자는 두영이 정길의 이 모든 표정을 실제로 목격한 것처럼 쓰고 있다. 그러나 정길이 말한 것들은 모두 편지의 사연이지 두영이 앞에서 일어난 일들이 아니다. 그러므로 위와 같이 두영이 실제로 목격한 것처럼 말할 수가 없는 것들이다. 백보를 양보해서 두영이 정길의 편지를 읽고 상상한 정길의 표정을 그렇게 썼다 하더라도, 두 번째의 "다정하던 정길의 얼굴"은 직접 목격한 것이 아니고는 그렇게 쓸 수 없는 것이다. 그런데 이 편지를 받을 당시 두영은 미국 유타주 광산에서 일하고 있고 정길은 조선에 있어서 그들은 태평양을 격하고 있었던 것이다. 상허가 이런 어설픈 실수를 했을 리가 없다. 이것은 이 문건이 위서라는 명백한 증거가 아닐 수 없는 것이다.

그러면 누가 이 문건을 위작했을까? 필경 전집을 먼저 낸 A출판사 편집부의 일원이었을 것이다. 1988년 당시 알려진 『조선중앙일보』의 복사본은 아마도 국립중앙도서관본과 국사편찬위원회본밖에 없었을 텐데, 전술한 바와 같이 거기에 모두 250회가 없었던 것이다. 책은 빨리 경쟁자보다 먼저 내야겠는데 249회 다음에 251회를 그냥 이어 놓으면 말이 통하지 않고, 그렇다고 그 사이를 비워 놓을 수도 없으니까, 앞뒤를 봐서 말은 통하게 꾸며 넣었을 것이다. X문건 내용에 새로운 행위는 거의 없고 주로 탄식과 앞에 나온 사건들의 회상으로 채워진 것도 안전하게 빈칸을 메워야 하는 필자의 사정을 방증한다 하겠다.

한 달 후에 출판한 B출판사도 사정은 마찬가지였을 것이다. 일단은 있는 자료대로 249회에 이어 251회로 그 장을 마쳤지만, 먼저 나온 A출판사본에서 그 사이에 X문건이 있는 것을 보았을 것이다. 그래서 B출판사에서도 처음의 우리처럼 그것을 250회분으로 추정하고 X문건과 251회를 이어 또 하나의 결말을 냈을 것이다. 다른 소설에서는 두 가지 다른 결말이 있는 경우 먼저 것을 먼저 싣고, 그 다음에 수정된 것을 추가하면서 본문주로써 그 내역을 설명한 예가 있다. 그러나 『불멸의 함성』에서는 X문건의 정체에 대한 불확실성 때문인지 아니면 단순히 편집상의 실수인지, 아무 설명 없이 두 결말을 이어서 실은 것이다. 결과적으로 249회, 251회, X문건, 251회가 연이어져 있게 되었다. 그러나 X문건은 앞의 것과 인쇄 상태가 확연히 달라서 나중에 추가된 것임을 여실히 보여 주고 있다.

어떻든 연세대 본에서 나온 250회분의 글뿐 아니라 위에 든 내적 증거들로써 X문건을 위서로 판정하고 본문에서 걷어내 버리자 우리의 사기는 크게 고무되었다. 그동안 본문 확정 작업을 하면서 시중에 나와 있는 책들의 오류를 많이 바로잡았으나 그것들은 피라미 잡이였다고 한다면 이것은 월척의 잉어를 낚은 것과 같았다. 2년 반 이상 작업이 계속되면서 모두 지치기도 했고 이 일의 가치에 대해

회의가 들기도 했지만 이번 사건으로 우리가 하는 일의 필요성과 의의를 새롭게 절감하였고, 심기일전하여 마지막 완결을 위해 다시 힘차게 나아갈 활력을 얻게 된 것이다.

(2017. 7)

김학주

— 나라를 위해 싸우다 죽은 이를 조상함

— 모과(木瓜)를 선물로 받는다면

— 해하가(垓下歌)

나라를 위해 싸우다 죽은 이를 조상함

당(唐)나라 때의 시인 맹교(孟郊, 751~814)에게는 나라를 위해 싸우다가 죽은 이를 조상하는 「조국상(弔國殤)」이라는 시가 있다. '나라를 위하여 싸우다가 죽은 사람'은 애국자이다. 그러나 이 시는 나라를 위해 목숨을 바친 애국자의 죽음을 조상하거나 그의 위대한 정신을 기리는 내용이 아니다. 나라일을 핑계로 무고한 사람들을 많이 죽게 만들고 있는 위정자(爲政者)인 황제들을 문제 삼고 있는 시이다. 나라를 다스리는 황제의 야망 또는 잔인한 성격이 그런 희생자인 애국자가 나오도록 하였다는 것이다. 황제라는 자들은 백성들의 삶 같은 것은 거들떠보지도 않고 자기의 욕심과 이익만을 추구하는 자들이라는 것이다. 그 시대의 정치 의식을 바탕으로 중국 문명을 비판한 것이라고 볼 수 있다. 먼저 그 시를 읽어보기로 한다.

부질없이 사람이 만물의 영장(靈長)이라고 하지만,

죽은 사람의 흰 뼈가 여기저기 흩어져 있네.

어찌하여 봄철에 죽었는데

많은 풀처럼 살아나지도 못하는가?

요(堯)임금 순(舜)임금은 천하를 다스리면서

농사 기구는 만들었으되 무기는 만들지 않았네.

진(秦)나라 한(漢)나라 때에는 남의 산과 들을 훔치고

사람 죽이는 물건만 만들고 밭을 가는 기구는 만들지 않았네.

하늘과 땅은 쇠붙이를 생성하지 말아야지

쇠붙이가 생겨서 인간은 서로 다투게 된 것일세.

徒言人最靈, 白骨亂縱橫.

如何當春死, 不及群草生?

堯舜在乾坤, 器農不器兵.

秦漢盜山岳, 鑄殺不鑄耕.

天地莫生金, 生金人競爭.

시인은 첫머리에서 사람들이 '만물(萬物)의 영장'이라고 스스로 큰 소리치고 있지만 이는 전혀 부질없는 말이라 단언하고 있다. 왜냐하면 사람들이 사는 이 세상에는 전쟁이 끊이지 않아 땅 위에는 전쟁에 끌려 나가 싸우다가 죽은 사람들의 썩은 뼈가 널려 있기 때문이다. 실지로 중국은 우선 자기네 큰 나라를 이룩하기 위하여 수많은 사람들을 죽이는 처참한 전쟁을 하여야 하고, 다시 그 나라를 지탱하고 다스리기 위하여서도 끊임없는 전쟁을 하지 않을 수가 없었다. 중국이라는 넓은 땅에는 언어와 풍습이 다른 여러 종족(種族)의

모과를 선물로 받는다면

사람들이 살고 있다. 남쪽에 사는 사람들과 북쪽에 사는 사람들은 성격도 서로 다르고 생활 조건도 전혀 서로 같지 않다. 동쪽과 서쪽도 역시 마찬가지이다. 이처럼 이해관계가 서로 다르고 나라에 대한 요구도 모두 서로 다른 사람들을 합쳐 커다란 한 나라로 다스리자면 힘으로 이들을 굴복시켜야 한다. 나라를 세울 적부터 무력으로 이전의 왕조를 무너뜨리고 새 왕조를 건립하기 위해서는 엄청나게 많은 사람들을 죽이지 않으면 안 된다. 무력으로 큰 나라를 세워 놓은 뒤에도 많은 부류들이 저항을 하고 사방의 국경에는 침략과 약탈을 일삼는 자들이 이어진다. 그리하여 수시로 이어지는 전쟁은 나라의 수많은 장정들을 병졸로 끌고 나가 싸움터에서 죽게 만든다. 따라서 무고한 백성들은 어찌 보면 잡초만도 못한 인생이다. 시인은 세상이 이렇게 된 책임을 온전히 나라를 다스리는 황제에게 돌리고 있다.

요 임금과 순 임금은 중국 전설상의 성인(聖人) 천자(天子)였다. 그들은 덕(德)으로 천하를 다스리어 태평스런 세계를 이룩하였고, 나이가 많아져 활동하기에 힘이 부치게 되면 자기의 황제 자리를 다른 덕이 많은 사람에게 넘겨주었다. 이를 선양(禪讓)이라고 한다. 요 임금은 순에게 황제 자리를 넘겨주었고, 다시 순 임금은 하(夏)나라의 시조가 된 우(禹)에게 임금 자리를 넘겨주었다. 그러나 후세의 황제들은 이 시에서 들고 있는 진시황(秦始皇)의 진(秦)나라와 유방(劉邦)의 한(漢)나라뿐만이 아니라 거의 모든 황제들이 무기를 든 병정들을 거느리고 싸우면서 엄청나게 많은 사람들을 죽이고 나라를 세웠다. 백성들의 삶은 안중에도 없었다. 그래서 시인은 진나라와 한

나라 황제들은 "사람 죽이는 물건만 만들고 밭을 가는 기구는 만들지 않았네" 하고 읊고 있는 것이다. "밭을 가는 기구는 만들지 않았다"는 것은 백성들의 생활은 전혀 돌보지 않았음을 뜻한다. 무력으로 수많은 사람들을 죽이고 차지한 나라이기에 시인은 나라를 세운 것을 "남의 산과 들을 훔쳤다"고 말하고 있는 것이다. 요 임금과 순 임금은 세상을 덕으로 다스리면서 백성들을 위하는 정치를 하였기 때문에 "농사 기구는 만들었으되 무기는 만들지 않았네" 하고 읊고 있는 것이다. 반대로 진나라와 한나라의 황제들은 "사람 죽이는 물건만 만들고 밭을 가는 기구는 만들지 않았다." 곧 사람들을 멋대로 죽이고 백성들의 삶은 전혀 돌보지 않았다고 꼬집고 있는 것이다.

시에서는 진나라와 한나라를 들고 있지만 실은 시인 맹교가 살고 있던 당(唐) 제국의 현실 비판을 겸하고 있음은 쉽사리 알 수 있는 일이다. '안녹산(安祿山)의 난(755~763)'이라는 비정한 내란을 직접 경험한 시인이라 전쟁이 더욱 싫었을 것이다. 봉건전제(封建專制)의 통치 아래 황제의 미움을 살 이런 시를 쓴 맹교의 강직성과 용기를 칭찬하지 않을 수가 없다. '안녹산의 난' 이후로는 당나라 황제들이 권력이 약해져서 포악한 정치를 할 수 없게 되고 지식인들의 활동이 활발해져서 이런 시를 쓰고도 무난하였다고 여겨진다.

결론으로 시인이 읊은 "하늘과 땅은 쇠붙이를 생성하지 말아야지 쇠붙이가 생겨서 인간은 서로 다투게 된 것일세"라는 두 구절은 날카롭기 예리한 칼날과 같다. 여기에서 본문의 "생금(生金)"의 '금'을 '쇠붙이' 곧 금속물(金屬物)의 뜻으로 옮겼지만 그대로 귀금속인 '금'으로 옮겨도 인간세상에 대한 좋은 경종이 되는 말이 된다. 황제나 권력자들은 자신의 욕망을 충족시키기 위하여 백성들은 거들떠보지도 않고 재물을 추구하고 있기 때문이다. 그리고 현대로 오면서 '쇠붙이'나 '금' 같은 재물은 우리 생활에 더욱 중요한 역할을 하고 있다. 따라서 이 시의 결론 두 구절은 현대인들도 심중히 반성해보아야 할 말이라고 생각된다.

(2017. 1. 1)

모과(木瓜)를 선물로 받는다면

『시경(詩經)』 위풍(衛風)에 「모과(木瓜)」라는 제목의 시가 있다. 시의 내용은 여러 사람들과 선물을 주고받는 일을 노래한 것이다. 대략 기원전 5, 600년 무렵에 위(衛)나라에 유행하던 노래의 가사라 여겨지고 있다. 먼저 그 시를 아래에 번역을 붙여 소개한다.

> 나에게 모과를 보내 준다면
> 아름다운 패옥으로 그에게 보답하려네.
> 보답이 아니라
> 영원히 잘 지내자는 뜻이네.

> 나에게 복숭아를 보내 준다면
> 아름다운 옥으로 그에게 보답하려네.
> 보답이 아니라
> 영원히 잘 지내자는 뜻이네.

나에게 자두를 보내 준다면
아름다운 옥돌로 그에게 보답하려네.
보답이 아니라
영원히 잘 지내자는 뜻이네.

投我以木瓜, 報之以瓊琚.
匪報也, 永以爲好也.

投我以木桃, 報之以瓊瑤.
匪報也, 永以爲好也.

投我以木李, 報之以瓊玖.
匪報也, 永以爲好也.

　시의 뜻은 간단하다. 자기에게 모과 또는 복숭아나 자두를 선물하는 사람이 있다면 자기는 그 사람에게 아름다운 옥이나 옥돌 같은 보다 귀중한 것으로 보답하겠다는 것이다. 값으로 따지면 옥이나 옥돌은 받은 과일의 몇십 배 또는 몇백 배나 비싼 물건이다. 어떤 사람이 작은 선물을 한다 하더라도 선물을 받는 사람의 마음가짐이 무척 아름답다. 시를 읽는 사람의 마음까지도 흐뭇한 느낌을 갖게 한다.

　『시경』을 한(漢)대 학자 모씨(毛氏)가 해설하였다고 전해지는『모전(毛傳)』에서는 북쪽 오랑캐들의 침략을 받고 곤경에 처한 위(衛)나라를 제(齊)나라 환공(桓公)이 구해 주어, 위나라 사람들이 그 은혜를 생각하며 부른 노래가 이 시라 하였다.

옛 분들은 『시경』을 경전(經典)으로 다루다 보니 이런 거창한 해설을 하게 되었을 것이다. 선물을 주고받는 상대가 친구라도 좋고 애인이라도 좋다. 오히려 시의 글 뜻대로 이 시를 읽을 때 이 시가 더 자연스러워지고 더 아름다워진다. 그리고 시의 본뜻에도 들어맞을 것이다. 자기가 받은 선물보다 훨씬 값진 것으로 답례하려는 마음씨가 아름답다. 이 시 끝 구절의 "위호(爲好)"라는 말을 "잘 지낸다"는 뜻으로 풀이하였으나 표현이 정확하지는 않은 것 같다. 애인 사이의 경우라면 그들의 뜨거운 사랑을 영원히 간직하겠다는 것일 게고, 친구 사이라면 그들 사이의 아름다운 우정을 영원히 지속시키겠다는 뜻일 것이다. 그가 누구이든 이전보다도 더 잘 지내도록 하겠다는 것이다.

그리고 선물을 준 상대가 일정한 자기가 잘 아는 사람이 아닐 수도 있을 것이다. 가만히 생각해 보면 우리는 일상생활을 통하여 미처 깨닫지도 못하는 사이에 남들로부터 매우 큰 선물을 받으며 살고 있다. 사람이란 이 세상의 모든 사람들이 서로 밀어 주고 뒷받침을 해 주어 함께 어울려 잘 살아가고 있는 것이다. 남들이 있기 때문에 이 세상도 있고 우리 사회도 이루어져 있는 것이다. 자신이 지금과 같은 위치에 처신하고 있는 것도 모두가 오로지 남들의 힘으로 말미암은 것이다. 그러니 우리는 이 세상 모든 사람들로부터 이미 선물을 무척 많이 받고 있는 것이다.

그렇다면 이 시는 선물을 주고받는 일에 그치지 않고 우리가 올바른 마음가짐을 지니고 올바로 살아가는 길까지도 보여 주고 있다고 풀이할 수 있다. 우리는 남들로부터 일상적으로 받고 있는 선물이

모과를 선물로 받는다면

모과나 복숭아 같은 것들보다도 훨씬 더 값진 것인데도 그것을 깨닫지 못하고 거기에 보답할 생각은 거의 하지 못하고 살아가고 있는 게 아닌가 한다. 우리 주위의 모든 사람들이 나에게 언제나 선물을 보내 주고 있는 것이다. 모든 사람들이 이 시의 시인처럼 남들이 보내 주고 있는 선물에 대하여 아름다운 옥이나 옥돌로 그들에게 보답하겠다고 생각하면 좋겠다.

우리는 늘 남들로부터 이미 선물을 받고 있다는 사실을 깨달아야 한다. 복숭아나 자두 같은 선물이라 하더라도 아름다운 옥돌로 거기에 답례를 하겠다는 마음을 지녀야 한다. 그러고 보니 그것이 바로 '사랑'인 것 같다. 언제나 모든 사람들이 내게 모과를 보내 주고 있으니 나는 그들에게 옥돌로 보답하겠다는 다짐을, 그러한 '사랑'을 마음속에 담고 있어야 할 것이다.

(2003. 12. 22)

해하가(垓下歌)

진(秦)나라(B.C. 221~B.C. 206) 말엽, 초(楚)나라의 장수인 유방(劉邦, B.C. 247?~B.C. 195)과 항우(項羽, B.C. 232~B.C. 202)가 천하를 두고 싸운 것은 중국 역사상 유명한 얘기 중의 하나이다. 유방이 진나라 도읍인 함양(咸陽)으로 쳐들어간 기원전 206년부터 항우와의 격렬한 전쟁이 시작되어 기원전 202년에야 마침내 한왕(漢王) 유방이 초패왕(楚覇王)인 항우의 군대를 쳐부수고 해하(垓下)에서 포위를 하자 마침내 항우는 포위를 뚫고 오강(烏江)으로 빠져나가 스스로 자살을 하고 만다. 그리하여 유방은 서한(西漢, B.C. 206~A.D. 8)의 고조(高祖, B.C. 206~B.C. 195)가 되어 천하를 호령하게 된다. 힘이 장사이고 전쟁을 잘하기로 이름난 항우는 잘못되어 해하에서 유방의 군대에게 포위를 당한 다음 더 이상 싸울 뜻을 잃고 「해하가(垓下歌)」라는 시를 지어 남겨 놓은 다음 오강까지 달려가 스스로 목숨을 끊었다 한다. 그 「해하가」를 아래에 소개한다.

힘은 산을 뽑아 올릴 만하고 기운은 세상을 덮을 만한데,
시세가 불리하니 추(騅)마저도 나아가지 않누나!
추도 나아가지 않으니 어이하면 좋을까?
우(虞)여, 우여! 어이해야 된단 말인가?

力拔山兮氣蓋世, 時不利兮騅不逝.
騅不逝兮可奈何? 虞兮虞兮奈若何!

　시의 구절 중간에 '혜(兮)'자가 들어 있는 것은 이 시가 남쪽 초(楚)
나라 지방의 노래 형식인 초가(楚歌)임을 뜻한다. 항우는 특히 초(楚)
나라 패왕이었다는 사실에 주의해주기 바란다. 시 둘째 구절에 나
오는 '추(騅)'는 항우가 늘 타고 다니던 애마의 이름이다. 끝 구절에
보이는 '우(虞)'는 우희(虞姬) 또는 우미인(虞美人)이라 흔히 부르는 항
우가 지극히 사랑하여 언제나 군진 속에서도 데리고 다니던 애희(愛
姬)이다.

　항우의 군대를 해하(지금의 安徽省 固鎮 동북쪽)라는 곳에서 유방의
군대가 포위했을 적에, 한나라 장군 한신(韓信)은 한밤중에 한나라
군사들에게 포위를 하고 있는 진영 사방에서 항우의 초나라 노래
를 부르게 하였다. 항우는 초나라 노랫소리가 사방으로부터 들려오
자 자신의 초나라 군사들이 모두 한나라에 항복한 것이라고 속단하
고 만다. 사면초가(四面楚歌)라는 고사는 여기에서 나온 것이다. 사방
에서 들려오는 초가 소리를 듣고 기가 죽어 버린 항우는 더 싸울 의
욕을 잃고 최후의 노래를 스스로 불렀던 것이다. 항우는 자살하기
에 앞서 사랑하는 우희를 앞에 놓고 이 「해하가」를 불렀다 한다. 자

기의 애마인 추마저도 자신의 뜻을 따라 앞으로 나아가지 않는다는 것은, 자기의 군사들까지도 모두 자기를 버리고 한나라 편이 되었다는 절망을 표현한 것이다. 자기 앞에는 사랑하는 우희가 있지만, 이제는 더 이상 이 여인을 사랑할 자격마저도 잃었다고 자포자기를 한 것이다. 항우는 이 노래를 부르고 나서 명마 추를 자기 손으로 죽였고, 우희는 「해하가」에 화답하는 노래를 부른 다음 스스로 목숨을 끊었다 한다. 항우는 분을 못 이기고 달려나가 힘이 부칠 때까지 싸우다가 결국은 포위를 뚫고 오강(지금의 安徽省 和縣 동북쪽)이란 고장까지 달려가서 스스로 목숨을 끊은 것이다.

우희가 죽은 곳에는 새 풀이 돋아나 꽃이 피어 이를 우미인초(虞美人草)라 부르게 되었다는 전설이 전한다. 그리고 이 「해하가」는 「역발산조(力拔山操)」라는 악곡으로 후세까지 전해지고 있다. 우희가 「해하가」에 화답했다는 「우미인곡(虞美人曲)」도 전해지고 있으나, 이는 후세 사람들이 가짜로 지은 것이라 여겨지고 있다.

중국의 경극(京劇) 중 중국 영화를 통하여 한국 사람들에게 가장 잘 알려진 〈패왕별희(覇王別姬)〉는 바로 이 얘기를 극화한 것이다. 이 연극의 클라이맥스는 말할 것도 없이 사면초가 속에서 항우가 술을 마시며 세상과 작별을 고하는 장면인데, 우희가 처연히 일어나 춤을 추면서 슬픈 노래를 부른 뒤 항우의 걱정을 없애 주겠다면서 칼을 빼어 먼저 자결한다. 관객들은 이 연극에서 우선 항우라는 영웅과 아름다운 우희의 사랑에 감동을 하고, 다시 힘은 장사이면서도 계책이 모자라 실패하는 항우를 바라보며 가슴 아파하고, 사랑하는 항우를 위하여 춤을 추고 나서 스스로 목숨을 먼저 끊는 아름다운 여인 우희를 위하여 눈물을 펑펑 쏟는다.

그러나 우리는 일세의 영웅 항우의 최후를 알려 주는 이 시를 통하여 한 가지 교훈을 배워야 할 것이다. 그것은 어떤 불리하고 어려운 여건에 처하더라도 우리는 절대로 스스로 할 일을 포기해서는 안 된다는 것이다. 맹자(孟子)도 일찍이 "스스로를 비하(卑下)하는 자와는 더불어 애기를 할 수가 없고, 스스로를 포기하는 자와는 더불어 일을 할 수가 없다(自暴者, 不可與有言也, 自棄者, 不可與有爲也. ─離婁上)"고 하였다. 우리 처지가 어렵고 불리하다면 더욱 정신을 가다듬고 분발하여야만 한다. 자기가 타는 말 "추가 나아가지 않는다" 하더라도 절망하지 말고 자신의 온 힘을 다하여 뛰어 나갈 것을 꾀하여야 한다. 더욱이 "우여! 우여!" 하고 자기가 하는 일과 직접 상관없는 사람까지 끌어들이며 실망감을 키우는 일은 하지 말아야 한다.

유방이 항우와 싸워 이기고 한나라를 이룩한 다음 자기 고향 패현(沛縣, 지금의 江蘇省 豐縣)을 지나다가, 고향 친구들을 모아 놓고 술을 마시면서 불렀다는 「대풍가(大風歌)」는 이와 대조되는 시이므로 아래에 소개한다.

큰 바람 일어 구름 모두 날려 보내듯이
위세를 온 세상에 떨치고 고향으로 돌아왔네.
어찌하면 용맹스런 친구들을 모아 나라 사방을 지킬 수 있을까?

大風起兮雲飛揚, 威加海內兮歸故鄉.
安得猛士兮守四方?

사람은 어떤 경우에도 자포자기해서는 안 된다. 항우와 같아서는 안 된다. 우리는 보통 사람이지만 마음가짐은 유방을 따라야 한다.

김
재
은

― 기러기 울어 예는……
― 그놈의 정(情) 때문에

기러기 울어 예는……

나는 2016~2017년 두 해에 걸쳐 친구 다섯 사람과 선배 두 사람을 잃었다. 가톨릭대학 국문학과 교수였던 김창진, 서울대학교 국문학과 교수였던 김용직, 포항공대 철학 교수였던 박이문(인희), 서울대학교 독어교육학과 교수였던 이동승, 여의도여고 교장을 지낸 신현순, 고려대학교 영문학과 교수였던 김종길 선생, 경북대학교 전자공학과 교수였던 이우일 형, 작년 여름부터 금년 여름 사이에 모두 차례로 세상을 떠났다. 나는 이런 일로 해서 지난 1년 동안 글 쓰는 것을 멈추었다. 글 쓸 힘이 소진된 듯 했다.

김창진 교수는 1960년대 초, 내가 이화여대 교수로 갔을 때 그 학교 부속고등학교 교사로 있었는데 나중에 대학으로 온 사람이다. 우리와 앞 뒷집으로 살아서 가족들끼리, 특히 아이들끼리는 무시로 드나들면서 지냈다. 아이들 사이도 근 60년 지기다.

김용직 교수는 고향의 중학교 후배에다 같은 서울대 동문이고, 나이도 나와 비슷해서 1940년대 후반부터의 친구다.

　박이문 교수는 서울대 대학원 학생 때부터 인사는 없었지만 알고 지낸 사이다. 그의 형 박준희 교수는 이화여대 교수였는데, 나의 대학 같은 학과 4년 선배인데 후배들 사이에서 잘 알려진 유명 인사였다. 내가 대학원 다닐 때 '문리대 문학의 밤'을 구경하러 간 일이 있었다. 당시 그도 대학원에 다니고 있었는데, 순서 중간에 나와서 자작시를 낭송하는 것을 들은 적이 있다. 그리고 1959년 이화여대에서 우리 둘은 교수로서 만났다. 그러다 2, 3년 후 그는 프랑스로 유학 가서 박사 학위 받고 다시 미국으로 가서 철학 공부를 해서 철학 박사 학위를 받았다. 그후 미국 대학에서 정년 때까지 철학을 가르쳤다. 귀국 후 포항공대 철학 교수로 70세까지 특별 예우를 받고 가르치다가 은퇴하고 저술에 전념하였다.

　그와 내가 특별한 관계가 있는 것은, 우연스럽게도, 그의 두 부인은 모두 나의 이화여대 직계 제자라는 점이다. 그와 2013년 봄, 서울 인사동에 있는 이탈리아 식당 '카사 아지오(Casa Agio)'에서 점심 같이 먹고 차 마시고 담소한 적이 있었다. 그때 내가 그에게,

　"이봐, 철학은 왜 했어? 문학 박사 가지고 답을 얻을 수 없었다는 건가?" 하고 물으니까, 그가 대답하기를,

　"생각하는 법을 배워 가는 거지, 궁극적인 것을 찾기 위해서 더 깊이 이해하는 방법을 말이야."

　"그래서 뭘 찾았어?"

　"찾는 과정 자체가 의미 있지" 했다.

　그 후 후학들이 전집을 내 주었고, 그것으로 『조선일보』 기자와

인터뷰한 내용을 신문에서 읽어 보았다. 그는 한국에서도 드물게 동·서양, 고·금에 걸쳐 50여 년의 세월 동안 광범위한 지적 탐구를 해 왔음에도 "궁극적으로 삶이란 별 의미가 없는 것이다"는 허무주의적 결론을 내리고 있었다. "다만 살아가면서 그렇게 탐구해 온 노력에는 의미가 있었다"고 했다. 그러던 그가 뇌혈관에 문제가 생겨서 요양원에 있다는 이야기는 들었지만 '세상을 뜨기 전에 한 번이라도 얼굴을 봤어야 했는데' 하고 뉘우치게 된다.

이동승 교수는 퇴계의 후손으로서 15대 종손 이동은 씨와는 사촌 지간이다. 그의 큰 형님이 문경시멘트 회장과 국제퇴계학연구원 이사장을 지낸 이동준 선생이시다. 그는 기백이 강건하고, 해야 할 말은 거침 없이, 눈치 안 보고 하는 의협의 사나이였다. 재작년 대상포진과 폐렴으로 서울대학병원에 3개월가량 입원했다가 퇴원했을 때 집에 문병하러 갔었는데 아주 홀쭉해져 있었다. 그는 서울대학 교수답지 않게 평생 정기 건강검진이란 것을 받아 본 일이 없고, 핸드폰과 PC를 사용하지 않는 사람이었다. 21세기에서 19세기를 사는 사람 같았다. 우리가 학부에 다닐 때, 대학원에 다닐 때, 교수가 된 후에도 김용직 교수, 이동승 교수, 이용태 박사(물리학과 졸업, 삼보컴퓨터 창업자), 서라사 교수(서울대 철학과를 나오고 중앙대학 교수를 지낸, 나의 고등학교 동창생), 나 이렇게 다섯이서 자주 만나서 저녁 먹고 술 마시고, 차 마시고 했다. 그랬던 그가 소식도 없이 세상을 떠났다.

또 한 사람은 나의 사범학교 동창인데, 서울사대 체육교육과를 나오고 장학관, 교장 등을 역임한 순수 교육자 신현순이다. 우리 동기 동창회 간사일을 오래 맡아했고, 소집 책임자로서 수고를 아끼지 않던 건강한 친구였다. 어느 날 난데없이 그에 관한 부고가 날아와 크게 놀랐다. 그의 형은 브라질 대사를 지낸 중장 출신 군인이고 아들 중에도 장군을 둔 군인 가족이다.

나의 선배로서는 1950년 6·25 때 나와 안암동에서 자취 생활을 같이 한 이우일 박사가 있다. 당시 문리대 물리학과 3학년이었던 그는 나중에 경북대학교 전자공학 교수로 있다가 정년 후 쉬고 있었는데, 내가 한 번 뵙고 싶어서 연락을 했더니 아드님이 '아버지가 작년(2016)에 작고했다'는 소식을 전해 주었다. 이우일 박사는 기구한 운명의 소유자이다. 6·25 때 서울에 남아 있다가 인민 의용군에 징집돼 가서 전투 부대에 배속되어 싸우다가 황해도 사리원 부근에서 국군의 포로가 되었다. 그 후 거제도 포로 수용소에 수용되어 있다가 이승만 대통령의 포로 석방 명령으로 풀려난 사람이다. 그도 죽기 전에 한 번 봤어야 하는 선배였다.

마지막으로 김종길 선생님을 떠올리게 된다. 우리 나이로는 92세까지 사셨으니 천수(天壽)를 다하신 것으로 생각할 수도 있으나 슬프기는 마찬가지다. 선생님은 우리 안동 사람의 사표(師表)가 되시는 분으로써 안동(安東) 출신의 세 분의 현대의 전형적 선비 중 한 분으로 내가 추앙하는 분이시다. 시인협회장도 지내시고, 예술원 회원이셨고, 동서고금의 시에도 조예가 깊은 석학이셨다.

이런 일로 나는 한동안 지적 불모감(不毛感) 속에서 헤매게 되었다. 이런 분들을 잃고 나니 슬픔보다는 공허감을 더 깊이 갖게 된다. 내가 저분들 보다 더 오래 살아 있어야 할 이유가 없는데, 왜 나는 남게 되어서 이런 깊은 상실감에 빠지게 되는지 알 수가 없다. "밥 한번 먹자" "차 한잔 해" "영화 보러 안 갈래?" "연극 한 편 같이 봐" 하고 전화할 사람이 줄었다는 것이 나를 한없이 난감하게 한다.

여기서 나는 특별히 두 사람의 친구에 대해서 언급하려고 한다. 김창진과 김용직이다. 그들 둘은 동갑내기에다 같은 과 선후배이고 (김창진 교수가 1년 선배), 다 같이 대학 때, 문리대에서 학생 문학 활동의 리더로 일했고, 다 같이 대학 교수이고, 특히 나와 함께 2003년에 〈숙맥〉 동인지를 내자고 발의한 사람들이다. 두 사람 모두 나보다는 한 살 아래여서(32년생), 내가 그들에게 여러 번 "우리 서로 말 놓고 지내자"고 제안했으나 끝내 어지중간하게 올렸다 내렸다 하면서 지냈다. 내가 대학으로는 그들보다 3, 4년 선배니까 아무래도 어려웠던 모양이다.

2016년 4월 6일, 인사동의 '카사 아지오'라는 이탈리아 식당에서 김창진, 이상옥, 김명렬, 곽광수, 이익섭, 나 여섯이서 김 교수의 『초우재(草友齊) 통신』 출판을 축하해 주는 자리를 내가 마련한 일이 있다. 이렇게 만난 이유는, 모두 김 교수의 작품과 관계가 있어서였다. 이상옥 교수와 이익섭 교수는, 그들이 사랑하는 야생화 사진을 남정(南汀: 김창진 선생 호)에게 보내면, 남정이 거기에 시를 붙여서 이메일로 서로 알리고 나중에는 두 권의 책으로 냈던 사이이다. 그것이 모두 훌륭한 시집이 되어 출판되었다.

김명렬 교수는 이상옥 교수와 함께, 남정의 아들 김육(성균관대학 영문학과 교수)의 스승이고, 남정의 시 작품집에 발문(跋文)을 써 주어서 그를 고무케 했고, 곽광수 교수는 『초우재 통신』에 평설(評說)을 실어 주었고, 내 펜화 전시를 보고 그 중 〈두물머리〉 그림에 시를 써서 보내주어 나를 감동케 해서, 내가 이 모임을 주선하게 되었던 것이다. 그날은 드물게도 모두 와인을 마시면서 유쾌하게 담소했다. 내가 그 자리에서 남정보고 "당신, 늙은 천재야" 했더니 이익섭 교수가 "그냥 천재지요" 했다. 내가 한 말은 남정이 '팔순이 넘어서도 더욱 빛나는 천재'라는 말이었고, 이익섭 교수는 '그는 옛날부터 천재였어'라는 뜻으로 말한 것이리라. 비슷한 말 같으나 좀 뉘앙스가 다르다.

"천재"란 말은 어린아이 때나 청년기에 주로 붙이는 말이다. 어른이나 더욱이 늙은이에게는 사용하지 않는 말이다. 그러나 그의 문장을 읽고 있노라면 그는 늙을수록 천재성이 빛나는 시인이구나 하는 느낌을 갖게 한다. 그의 언어, 낱말과 글발 속에서 빛나는 감성은, 환상적이면서 신선하고 창조적이다. 나는 그의 글에 언제나 압도당하고 있었다. 그는 우리보다 두 가지 더 많은 감각 기관을 소유하고 있었다. 오감(五感)이 아니라 칠감(七感)이다. 하나는 육체로 느끼는 육감(肉感)이고, 또 하나는 영혼의 저 깊이에서 느끼는 영감(靈感)이다. 그는 칠감의 소유자 같았다. 진정한 천재는, 한때 빤짝 하고 빛났다. 꺼지는 흐르는 별이 아니라 항성(恒星)과 같이, 언제나 한결같이 빛나는 별과 같아야 한다. 피카소, 미켈란젤로, 다 빈치, 톨스토이, 달리, 박경리, 백남준, 피천득 같은 분 말이다.

그가 60년대에 이화여대 교문 앞에 있던 '카페 빠리'에서 소극장을 운영할 때 그에게서 어떤 조용한 광기(狂氣) 같은 것을 나는 느꼈

모과를 선물로 받는다면

다. 그 시절, 소극장이라고는 충무로의 '창고극장'밖에 없을 때인데, 소극장 운동의 효시가 되었다. 나는 이 극장을 통해서 연극에도 접했을 뿐 아니라 추송웅을 비롯해서 젊은 배우들을 만날 수가 있어서 즐거웠다. 나는 그 후 연극에 재미를 붙여 청소년연극협회 이사까지 해 보았다. 김창진의 선구적인 모험이 계기가 되어 그 동네에 허규가 하는 '민중극장'과 김의경이 하는 '현대극장'이 들어서 이화여대 정문 앞 거리는 연극운동의 물결로 출렁이었다.

1960년대에 갓 국산 자동차가 나오기 시작했을 때, 우리 동네에 어느 날 갑자기 샛빨간 퍼블릭 카(public car)가 한 대 서 있는 것을 목격하고 모두들 놀랐다. 알고 봤더니 김창진 선생네 집이었다. 그는 이미 그 시대에, 국산 자동차가 활개를 치고 다니고 그뿐 아니라 자동차 1,000만 대 시대에도 샛빨간 자동차가 흔치 않은데, 이런 과감한 채색의 자동차를 끌고 다녔다. 그의 칠감은 이미 30대부터 발동되었던 것이다.

그의 인품과 성격은 김명렬 교수의 발문에 정확하게 그려져 있고, 그의 글에 드러나 있는 천재성은 곽광수 교수의 평설에 아주 잘 그려져 있어서 더 보탤 것은 별로 없지만, 그가 가고 없는 지금 "늙은 천재"를 잃은 나의 이 허전함은 달리 달랠 길이 없다.

그의 부고를 듣고 문상하러 갔다가 그의 부인을 만나서 "어떻게 되었소?" 하고 물으니 부인 왈, "처음에는 자가 운전해서 병원을 왔다 갔다 하다가, 그다음에는 휠체어를 타고 왔다 갔다 하더니, 마지막으로 앰뷸런스를 타고 가더니 다시 안 나왔어요" 했다. 그 담담함, 슬픔도 지나치면 울음을 삼키게 된다. 그를 마지막으로 본 지

불과 넉 달 만에 그는 우리 곁을 떠났다. 이제 〈숙맥〉의 오리지널 텍스트와 같은 『초우재 통신』은 볼 수가 없게 되었으니 더욱 안타까울 따름이다.

2016년 12월 16일, 그날은 겨울임에도 별로 춥지 않았다. 김용직 교수를 불러 내서 점심을 같이 했다. 내자동의 고급 일식집을 곽광수 교수가 예약을 해 두어서 셋이서 재미있게 점심을 먹었다. 그때 김 교수는 몹시 기운이 달리는 모양이었다. 이미 식욕은 많이 줄어 있었다. 걷기조차 힘들어했다. 점심을 끝내고 헤어질 때 둘이서 그를 부축해서 경복궁 지하철역의 차 타는 데까지 배웅해 주고 우리는 돌아왔다. 그게 그와의 마지막 만남이 되었다. 꼭 넉 달 만에 그도 우리 곁을 떠났다.

김용직 교수 이야기를 하겠다. 김 교수는 나의 후배지만 안동 출신 중 내가 개인적으로 내세우고 싶은 세 분의 현대적 선비 중 한 사람이다. 즉 연세대 교수를 지내신 이가원(李家源) 선생, 고대 교수를 지낸 김종길(金宗吉) 선생, 그리고 김용직(金容稷) 교수다. 그 이유로는, 이 세 분은 모두 한학(漢學)에 깊은 조예를 가지고 있고, 시(詩)와 문장(文章)에 뛰어났고, 서예(書藝)에 통달하고, 동시에 현대적 학문에도 전문성을 간직한 분들이어서 각각 학술원과 예술원의 회원을 지냈으며, 거기에다 선비의 풍모와 강직한 도의적 규준을 지키는 분들이기 때문이다. 아주 드문 사례이다.

김 교수는 안동 출신이지만 광산김씨(光山金氏)다. 안동 시내에서 동북쪽으로 난 국도를 따라 50리 정도를 올라가면, 이퇴계 선생을 모신 도산서원이 있다. 거기서 10리 정도 덜 가면 광산김씨 예안파(禮安派) 집성촌 외내(鳥川), 혹은 군자리(君子里)라는 마을이 나선다. 특히 이 마을을 '君子里'라고 하는 것은, "이 마을은 모든 사람이 군자 아닌 사람이 없기 때문이다"라고 한다. 천 년을 하루같이, 하루가 천 년같이 글 읽고, 사람됨의 길을 닦는 나날을 살아온 사람들이 사는 곳이기 때문이다.

그는 이 마을에서 1932년에 태어났는데, 이 마을의 큰집의 하나인 탁청정(濯淸亭, 김 교수의 16대조 큰할아버지 김유 선생의 별호인 동시에 당호)의 직계 종손 중 작은집의 셋째로 태어났다. 탁청정은 입향시조(入鄕始祖) 효로(孝盧) 공의 둘째 아드님이시다. 이분부터 15대 종손인 조부가 지금의 탁청정 어른이시다. 할아버지는 아드님을 둘두셨는데, 김 교수는 작은 아들의 셋째이다.

이 외내는 500년 동안 많은 인물을 배출했고, 그 마을에 서 있는 건물들이 문화재급이 아주 많다. 그 건물에는 퇴계의 시액(詩額)과 퇴계와 한석봉 글씨의 현판(懸板)이 지금까지 걸려 있다. 장서실에는 고문서 7종 429점, 곡적(曲籍) 13종 651점 등의 문화재가 보존되어 있다.

무엇보다도 이 마을에서는 훌륭한 인물을 많이 냈는데, 그중에는 김 교수의 부친 김남수(金南洙, 독립운동가이자 사상가) 선생도 포함된다. 이상주의 정치가 운암(雲巖) 김연(金緣, 문과, 감사)과 김령(金玲, 문과), 산남 병마절도사 김부인(金富仁), 의병장 김해(金垓)와 김기(金圻), 병자호란 때 공을 세운 김광계(金光繼)와 김광악(金光岳), 그리고 이밖에도 김확(金確), 김부필(金富弼, 후조당, 생원 문순공) 등 나랏일에 크게 이바지한 사람도 있었지만 오로지 외곬로 선비로서 일관되게 지조를 지키면서 학문과 사람 되기 위한 길을 닦는데 정진하여 안동과 영남 지방에 널리 알려진 인물을 많이 배출했다. 그리고 옛 탁청정에서는 퇴계, 농암 이현보, 서애 유성룡, 학봉 김성일, 우복, 한강 등 당대의 명유(名儒), 석학(碩學)들이 모여 시를 짓고, 글을 논했다.

이런 가문의 분위기 탓으로 그는 퍽 보수적이었다. 한번은 인사동에서 김 교수와 내가 '판화방'이라는 카페서 차를 마시고 있는데, 갓 등단한 시인인데, 나이는 40대 중반쯤 되어 보이는 사람과 합석하게 되었다. 그 시인은 김 교수를 하늘처럼 어렵게 대하고 있었다. 이런저런 질문을 하던 중, 그 시인이라는 사람이 본관이 어디어디라고 하니까 대뜸 김 교수가 "쌍놈이군" 했다. 순간 그의 얼굴에 모멸감이 스치고 지나갔다. 왜 그런 자리에서 그런 창피를 주는지 알 수가 없어서 나중에 내가 김 교수에게 욕을 좀 해 줬다. 그는 가문(家門)이란 것을 지금까지도 신주처럼 받들고 있었다.

내가 몇 년 먼저 대학 교수로 갔다. 그랬더니 김용직 교수는 "김 형, 거 이화대학이 대학이요? 규수(閨秀) 학당이지. 졸업하고 시집가면 교수 얼굴도 기억 못 해" 하고 몇 번이나 내게 여자대학엘 왜 갔느냐고 꼬집었다. 내가 1996년에 정년하고 인사동에 사무실을 냈을 때의 이야기다. 사무실을 개설하고 한 1주일 지나자 제자들이 와서 PC, 노트북, 에어콘, 회전의자와 테이블, 워키토키 같은 핸드폰 등등 뭐 이런 것을 다 갖추어 주었다. 그래서 사무실 집기는 제자들이 모두 마련해 주었던 것이다.

한번은 김용직 교수가 방문했길래 내 제자 자랑을 좀 했다. 그리고 1년 후, 그가 정년을 하고 난 다음 방이 필요하다고 해서 내 사무실 건너편에 방을 얻어 주었다. 입주를 하고 한 달이 지나도 개미 새끼 한 마리 얼씬도 안 했다. 그래서 내가 대형 선풍기와 회전의자를 마련해 주었다. 그뿐더러 가끔 점심 때가 되어 점심을 먹을라치면 내 제자들이 찾아와서 점심을 사겠다고 나서는 것이었다. 김 교수가 합류해서 점심을 먹을 때에도 점심을 사는 쪽은 모두 내 제자들이었다. 나는 지금까지 김용직 교수의 제자들로부터 점심을 얻어 먹어 본 일이 없다. "김 교수, 어때? 그 잘났다는 서울대 제자들 다 어디 갔어? 코빼기도 안 보이잖어?" 이렇게 해서 내가 판정승한 일이 있다.

그의 학문적 천착 정신은 높이 평가받아야 한다고 생각한다. 2001년엔가 2002년엔가, 한번은 내가 '우리문화가꾸회' 이사장 자리에 있을 때, 김 교수를 초청해서 우리 문학작품에 나타난 연(蓮)에 대한 해설을 부탁했다. 양수리에 있는 국립영화촬영소 소강당에서, 거기 구경 오는 일반 시민들을 위해서 한 시간가량 강의 좀 해 달라고 부탁한 것이다. 한 열흘 정도 여유가 있었는데 당일 발표를 하는 자리에서 배포된 원고를 보니까 그건 학술원용 원고였다. 강의를 어떻게나 어렵게 하는지 내가 민망해서 혼이 난 일이 있었다. 지나친 진지함, 철두철미한 천착 정신, 거기다 현학적 표현이 곁들여져서 대중에게는 호소력이 없었다.

김 교수는 골수 학자다. 그의 저서를 읽어 보거나 논문을 보면 철저히 고증을 하고, 짜임새가 있는 해석을 한다. 그의 문체는 독특하다. 한학을 깊이해서 그런지 모르나 글발이 범상하다.

그는 서예에 조예가 깊다. 몇 번 개인전도 했는데, 글씨가 온화하다. 그의 성품을 잘 나타내고 있다. 그는 2008년에 또 한시(漢詩) 창작집 『회향시초』를 냈다. 거기에 115수의 한시를 실었다. '난사시회(蘭社詩會)'라는 한시를 짓는 모임을 갖고 40년 가까이 한시를 지어왔다. 시를 지을 뿐 아니라 모두 한가락하는 서예가들이다. 그 멤버들 중에는 조순 전 부총리, 이용태 삼보컴퓨터 창업인, 이헌조 전 LG전자 회장, 이종훈 전 한전 사장, 이우성 성균관대학 명예교수, 류혁인 전 청와대 특보, 김호길 전 포항공대 총장, 고병익 전 서울대 총장, 김종길 고대 명예교수 등이 있었는데 모두 서예가들이다. 그는 전형적인 안동의 선비다. 아니 대한민국의 선비다. 모든 요건이 갖추어진 선비다. 나는 그를 이 점에서 퍽 부러워하고 있다.

지금 이 두 사람을 잃고 나니 가끔 나는 울적해지게 된다. 하루는 내 입에서 웅얼거리는 노래가 흘러 나왔는데, 그 노래가 바로 이것이다. 박목월이 시를 쓰고, 김성태가 곡을 붙인 "기러기 울어 예는 하늘 구만리"로 시작되는 〈이별의 노래〉다. 발표된 지 꽤 오래된 노래인데 내가 이 노래를 흥얼거리게 된 것은 아무래도 미리 떠나보낸 친구를 생각해서가 아닐까?

시와 곡이 모두 단순하지만 깊은 정감이 가고 울림이 큰 노래이기 때문이다. 가사를 여기에 옮겨 보겠다.

기러기 울어 예는 하늘 구만리
바람이 싸늘 불어 가을은 깊었네

[후렴] 아아, 아아, 너도 가고 나도 가야지

한낮이 끝나면 밤이 오듯이
우리의 사랑도 저물었네

산촌에 눈이 쌓인 어느 날 밤에
촛불을 밝혀 두고 홀로 울리라

친구들이여 저승에서 영원히 평안히 잠드소서.

(2017)

그놈의 정(情) 때문에

외국인들 중 한국에서 살다가 몇 년 후에 다시 돌아와서 결혼까지 하고 사는 사람들이 꽤 있다. 아니면 잠시 머물다가 가려고 왔다가 눌러앉은 사람도 있고, 개중에는 귀화까지 한 사람도 있다. 그중 한 사람이 한국관광공사 사장까지 지낸 이참 씨이다.

이 이참 씨가 방송에 나와서 한국의 정신문화의 특징이랄까 매력으로 정(情), 흥(興), 한(恨)이 있다고 요약해 주었다. 외국인(?)이 이 정도로 한 나라의 정신문화의 특색을 정리했다니 기특한 일이다. 공감이 간다. 여기서 나는 정에 대한 이야기를 하고 싶다. 그가 30년 전에 한국에 왔을 때는 몇 달만 있다가 가겠노라고 마음먹고 왔지만 그만 한 한국인 여인의 정에 끌려 결혼을 하고 여기에 주저앉게 되었단다. 한국인의 정을 설명해 줄 재미있는 사례를 들어 보겠다.

일본에 학회 관계로 갔다가 아침에 조반을 들고 잠시 쉬는 동안 호텔 창밖을 내다보는데, 어린이집 마이크로 버스가 와서 큰길에

모과를 선물로 받는다면

모여 서 있는 꼬마들을 태워 가는 것이었다. 아기들이 버스에 올라 타고, 엄마와 손을 흔들면서 "빠이 빠이"를 하고, 차문이 닫히고, 버스가 출발했다. 일본 엄마들은 차가 떠나자마자 곧 뒤돌아보지도 않고 제 길을 갔다. 우리네 엄마와 다르구나 싶었다. 매정스럽게 보였다. 그래야 아이들이 독립심이 길러진다는 것이다. 우리네 엄마들은 아마도 차가 시야에서 사라질 때까지 손을 흔들어 댔을 게다.

또 한 가지 이야기. 일본인은 인사 잘 하기로 유명하다. 너무 절을 많이 해서 언제 그쳐야 될지를 외국인은 가늠하기가 어렵다. 한번은 일본인 집에 초대받아 간 일이 있다. 헤어질 때 집 안에서 몇 번이고 인사를 하고, 현관에 나와서 또 인사를 하고, 현관 밖에 나와서 또 인사를 한다. 언제 그쳐야 되지? 두 사람이 동시에 고개를 숙이면 그게 끝이다. 그리고는 곧바로 집 안으로 들어간다. 나중에사 그런 불문율이 있다는 것을 알게 되었다.

한국 사람은 손님이 담 모퉁이를 돌아서 안 보일 때까지 손을 흔들고 손사래로 들어가라고 사인한다. 손님은 또 어떤가? 담 모퉁이를 한번 돌았다가 다시 나타나서 손사래로 주인 보고 들어가라고 한다. 그제야 인사가 끝나는 것이다.

영국인 이야기를 하나 하겠다. 서울대학교의 교육학과 교수로 있었던 이홍우 박사가 영국에 교환교수로 가서 연구를 끝내고 귀국할 때의 이야기다. 자기 지도교수에게 귀국 인사를 할 겸 크리스마스 이브날이라 선물을 사 들고 런던 교외에 있는 교수 사택으로, 전차로 한 시간 걸리는 거리를 눈이 무릎 높이만큼 내려서 통행이 불편함에도 어렵게 찾아갔다고 한다. 그런데 교수 사택에 당도해서 초

인종을 눌렀더니 교수가 현관문을 도어 체인을 건 채로 반쯤 열고는 "왜 약속도 하지 않고 찾아왔느냐?"고 묻더라는 것이다. "귀국 인사 겸 그동안의 지도에 감사를 드리고 싶었고, 메리 크리스마스 축하 인사를 하러 왔다" 하면서 조그만 선물을 내밀었더니, 도어록 체인을 건 채로 그 문틈으로 선물만 받고 "바이 바이" 하고는 손님이 아직 안 떠났는데도 현관문을 닫아 버리더라는 것이다. 이 교수는 돌아오면서 서양의 합리주의 문화의 한계를 뼈저리게 느꼈다고 했다.

우리와 문화가 다르니 그러려니 하면 된다. 어디 똑같을 수가 없다. 그런데 어느 문화건 나름대로 장단점이 있는 것도 사실이다. 우리네 같으면 이렇게 했겠지. "오! 이 교수 웬 일이야? 어서 들어와요. 이 추운 날에, 이 먼 길을 오다니!" 그리고 따끈한 차 한 잔쯤 대접하고 보내겠지. 극동의 개발도상국에서 온 외국인 제자니까 그동안 든 정을 생각해서라도 선물이라도 조그만한 것 쥐어 줘 보냈을 게다.

이 세 가지 이야기에는 분명히 정이라는 정서가 크게 개입되어 있다. 도대체 정이란 뭔가? 감정, 정서(情緒), 정의(情意)의 총칭이다. 일본인은 정서를 정동(情動)이라 번역한다. 그 이유는 정서의 영어가 emotion인데 여기서 e는 "밖으로"라는 뜻이고, motion은 "운동"이라는 뜻이다. 그러니까 정이 동하여 밖으로 표현된 것이 정동, 정서이다. 정은 이성적이기보다는 감성적인 것, 논리적이기보다는 비논리적인 것, 합리적이기보다는 비합리적인 것이다. 논리적으로 설명하기가 매우 어려운 미묘한 정서이다.

우리나라 민요 〈박연폭포〉에 이런 구절이 있다. "간 데마다 정 들여놓고 이별이 잦아서 못 살겠네." 정을 설명하는 데 아주 적절한 예에 속한다. 정 들여 놓고 이별이 잦아서 '못 살겠다?' 우리 말에 "정 때문에" "그놈의 정이 뭔지……" 하는 푸념 비슷한 말이 있다. 이런 말들은 결국 '정에 끌려서 나도 모르게 어쩔 수 없이'라는 뉘앙스를 가진 말이다. 그 정도로 정은 은근하지만 강력한 동력 같은 것이다. 정은 우리에게 있어서는 거의 무의식적인 심리 상태이다. 그만큼 한국인의 정서를 지배하고 있다. 더욱이 외국인들이 이해하기 어려운 정서이다.

정에는 긍정적인 측면과 부정적인 측면이 있다. 예컨대 '애정' '순정' '연정' '우정' 같은 긍정적인 점도 있고, '치정' '매정' '무정' 같은 부정적인 면도 있다.

한국 사람들에게 정이 많다는 말은 이 두 가지 면이 다 있다는 뜻도 된다. "정이 많으면 어떤 행동을 보이는 것일까?" 한국인의 정 씀씀이에 대해서 생각해 보자.

정이 두터우면 배신을 안 한다든가, 자기 이익을 위해서 일 처리에서 매정스럽게 맺고 끊고를 안 한다든가, 정이 많아서 눈물겹도록 고맙게 해 준다든가, 다른 사람의 불편을 일일이 챙겨 준다든가, 한번 맺은 인연은 소중히 여기고 오래 간직한다든가, 따뜻한 사랑의 감정을 가지고 있다든가, 남의 안위를 염려해서 헤아리는 마음을 가지고 있다든가 하는 긍정적인 면이 있다.

반연에 정이 많아서 문제가 되는 경우도 많다. 의사 결정에서 정실에 흐를 수가 있다. 한 전직 외교통상부 장관이 정실 인사로 자리에서 물러난 적이 있듯이 공정성을 해칠 염려가 많다. 조직 사회에서는 더욱 그렇다. 우리는 지금까지 사회 발전에서 이 문제를 해결 못 하고 있다. 즉 지연, 학연, 혈연, 그 밖에 이른바 '끼리끼리 문화'가 이 사회에 깊이 뿌리 박고 있어서 공정 사회, 개방 사회로 가는 데 걸림돌이 된다. '우리끼리'가 정든 사람과 정들지 않는 사람들 사이의 차별을 부추긴다. 정들면 '우리'가 되고 정이 안 들면 '남'이거나 '적'이 된다. 영화 〈친구〉에서 "우리가 남이가?"라는 대사가 나온다. '남'이 아니면 목숨도 바쳐야 한다. 부부간에도 정이 떨어지면 헤어진다. 형제간에도 정이 멀어지면 서로 고소하고 칼부림을 한다. "그놈의 정이 뭔지?"

정은 따뜻하나 이렇게 차갑고 치사한 데도 있다. "더러운 게 정이야"라는 말이 있다. 못 살겠다고 보따리를 샀다가도 그동안 쌓은 정 때문에 다시 눌러앉는다. "간다 간다 하면서 아이 셋 낳고 가더라"라는 옛 이야기가 있다. 정떼기란 그렇게도 어려운 것이다. 아들네 집이나 딸네 집에서 손자들 봐주다가 할머니가 너무 늙어서 자기 집으로 돌아 갈 때 아이와 '정떼기 연습'을 한다. 정떼기 연습은 시집 갈 딸들도 한다. 그래야 충격 완화가 된다. 그렇지 않으면 분리 불안이나 애착성 장애가 온다. 한국인들은 그놈의 정 때문에 이런 병리 증상을 많이 앓게 된다.

외국인들은 한국인에게 정이 많아서 좋다고 한다. 그래서 한국에 한번 와 본 사람들은 그 정 때문에 다시 한국에 오고 싶어진다고 한다. 그런데 한동안 못 보았던 외국 친구를 만나서는 "톰, 그동안 잘 있었어? 보고 싶었어" 하면 될걸, "톰, 아직 장가 안 갔어? 왜 안 갔

모과를 선물로 받는다면

어? 올해 안으로 가." "매리, 아직 그 남자하고 살아? 아직 안 헤어졌어? 왜? 나 같았으면 벌써 헤어졌지." 이건 망발이고, 인격 모독이고, 상대방을 무시하는 사생활 간섭이다. 이런 무례를 서슴치 않고 저지르는 것을 마치 인정스러운 것으로 여기는 건 아닌지? 천만에다. 이건 정이 아니다. 자기중심적 간섭일 뿐이다. '내가 당신을 좋아하니까 내 생각과 감정을 받아줘야 돼'라는 일방적 강요일 뿐이다. 정도 사랑도 아니다. 그 사람의 마음을 점령하려 들지 말라. 정은 나누는 데 의미가 있다. 여러 사람의 정이 뭉쳐지면 흥(興)이 되고, 정이 멀어지면 한(恨)이 된다고 한다. 정신과 전문의인 이근후 교수의 말이다 정 준다는 핑계로 도리어 정을 떼게 만들어 한이 되지 않게 하는 것은 정을 서로 나누는 일이다. 정을 서로 나누면 복이 된다. 서로를 배려하면서 말이다. 그게 행복이다.

이상옥

— 미국에서 재현된 고등학교 영어 수업

— 우연한 계기, 잇따른 사연들

— 두브로브니크 탐방기

미국에서 재현된 고등학교 영어 수업

■ 기싱 수상록에 맺힌 이야기 ⑴

저는 얼마 전에 미국에 다녀왔습니다. 미국이 무슨 특별한 나라라고 미국 이야기냐 싶으시죠? 그렇습니다. 제가 비록 20여 년 만에 미국에 갔습니다만, 이번 미국행은 저에게 참 특별했답니다. 저는 한평생 살아오면서 이렇다 할 자랑거리가 없었고 또 무엇이건 자랑하겠다며 나선 적도 없었습니다. 하지만 아래 이야기만은 아무 눈치 보지 말고 늘어놓고 싶네요.

저는 지난 2월에 미국 뉴저지주의 프린스턴에 사는 한 교포로부터 아래 구절이 담긴 메일을 받았습니다.

오늘 이 편지를 쓰는 이유는 선생님께서 올 봄이나 다른 계절에 ─ 여기는 5월경이 계절적으로 여행하시기 제일 좋습니다 ─ 이곳 미국 동부 ─ 특히 프린스턴 지역 ─ 쪽으로 여행을 하실 수 있는 여건이 되시는지 알고 싶어서입니다. 제가 선생님의 안부를 50년 만에 전해 들은 후, 선생님께서 미 동부 지역에 오셔서 옛날에 저희들에게 강의하셨던 George Gissing의 수필집을 50여 년 만에 저희들에게 다시 한 시간 정도 강의해 주시면 얼마나 좋을까 하고 생각해 보았습니다. 그래서 그런 기회를 이번에 만들 수 있는지를 알기 위하여 선생님께 문의를 드리는 것입니다.

이 메일을 쓴 윤원배 박사는 서울고등학교를 졸업한 분입니다. 저는 서울고교가 지금의 경희궁 터에 자리 잡고 있던 시절에 3년간 그 학교에서 영어를 가르쳤는데, 몇 해 전에 윤 박사는 한 인터넷 사이트에서 제 이름을 보았다면서 저에게 정다운 안부 메일을 보내 준 적이 있습니다. 하지만 저는 그의 얼굴이 떠오르기커녕 이름도 생각나지 않더군요. 1964년 여름에 저는 영국 유학을 위해 학교에서 사임했고, 당시 2학년생이던 윤 박사 클래스는 딱 한 학기밖에 가르치지 않았거든요. 그런데도 그는 조지 기싱의 산문을 읽었던 일을 잊지 않고 있었습니다.

윤 박사는 올해 만 70세인데 1966년에 고등학교를 졸업하고 서울대학교에서 생물학을 전공한 후 텍사스주립대학에서 박사 학위를 취득했고 미국서 오랫동안 일하다가 지금은 프린스턴에서 은퇴 생활을 하고 있습니다. 바로 이런 분으로부터 위의 제안을 받았으니 제가 놀랄 수밖에요.

이틀 동안 생각해 본 끝에 저는 다음 답신을 보냈습니다.

반 세기라는 긴 세월이 흐르도록 윤 박사께서 경희궁 터에서 나와 맺었던 그 작은 인연을 잊지 않고 너무나 따뜻한 정을 베풀어 주시니

모과를 선물로 받는다면

이 감동을 어떻게 표현해야 할지 모르겠습니다. 하지만 이 초대를 덥석 받아들이자니 몇 가지 망설여지는 바가 없지 않습니다.

첫째, 내가 미국에 머무르는 동안 윤 박사에게 그 어떤 식으로든 큰 부담이 되면 어떡하나 하는 걱정입니다. You know, to an octogenarian like me anything could happen anytime anywhere.(아시다시피 나처럼 나이가 여든이 넘은 사람에게는 언제 어디서나 무슨 일이든 일어날 수 있거든요)

둘째, 내가 프린스턴을 찾아가는 명분 문제입니다. 나는 윤 박사의 제의에 진심과 따뜻한 호의가 어려 있다고 믿습니다. 하지만 그런 작은 역할을 하기 위해서 그곳에 계시는 분들에게 어떤 식으로든 큰 부담을 드리게 될 거라 생각하니 그래서는 안 될 것 같다는 생각이 듭니다.

이런 간곡한 내용의 메일이 오간 끝에 저는 결국 윤 박사의 제의를 받아들였고, 제 프린스턴 일정 속에는 방미(訪美) '명분'을 강화하기 위한 행사 하나가 추가되었습니다. 그것은 그곳 한국문화연구회가 주관한 '이효석의 삶과 문학'이라는 제목의 강연이었습니다.

그런데 왜 윤 박사가 고교 시절의 교실 수업을 그렇게 원했을까요? 저는 서울고교 교원 시절에 학교에서 채택한 검인정 교과서가 너무 재미없어서 학기마다 한두 달에 그 교재를 다 떼고는 별도로 마련한 텍스트를 타자·등사해서 학생들에게 나눠 주고 가르쳤습니다. 그때 주로 쓴 교재가 바로 조지 기싱의 *The Private Papers of Henry Ryecroft*라는 수상록(隨想錄)이었습니다. 저는 윤 박사의 학년과 그 위 학년 학생들에게 이 책에서 발췌한 텍스트를 가르쳤는데, 훗날 어쩌다 만난 학생들은 그때 배웠던 기싱의 산문을 잊지 않고 언급해서 저를 놀라게 했답니다.

5월 15일 뉴욕으로 떠나기 전에 저는 수업에 쓸 교재를 마련해서 복사했고, 오래전에 절판된 저의 번역본 『기싱의 고백』(효형출판사, 2000)의 복제본과 제 산문집 『이제는 한걸음 물러서서』(서울대학교 출판문화원, 2013)를 여러 권 준비했습니다. 물론 미국에서 만나게 될 옛 학생들에게 나눠 주기 위해서였습니다.

뉴욕의 JFK공항으로 마중 나온 윤 박사는 훤칠하게 생긴 분이었는데 일흔 살 연세에 비해 훨씬 젊어 보였습니다. 프린스턴으로 옮겨 가면서 차중에서 이것저것 지난 이야기들을 나누며 제 일정을 상의하는 동안 우리는 어느새 오랜 지기처럼 가까워졌지요.

장장 열네 시간에 걸친 직항편 비행기 속에서 한숨도 자지 못한 채 미국 땅에 도착했음에도 다행히 저는 첫날 저녁부터 윤 박사 댁의 저녁 밥상 자리에 합석할 수 있었고 이튿날부터는 시차를 거의 느끼지 않으며 빡빡하게 짜인 일정을 소화해냈습니다. 프린스턴에서 만난 사람들이 모두 반가운 분들이었고 탐방한 곳들이 자못 흥미로웠기에 가능하지 않았을까 싶습니다. 프린스턴은 제가 처음 가본 곳이었는데, 그 명성에 걸맞게, 풍광이 아늑하고 아름다울 뿐 아니라 만난 사람들도 모두 품위 있고 이지적이더군요. 그래서 그런지 그곳에 머무른 1주일 내내 저는 마음이 편안했습니다.

이효석 강연에서는 작가의 사람됨과 그가 살던 시대의 문학적 경향을 소개한 후 단편 「메밀꽃 필 무렵」의 문학적 가치를 집중적으로 분석했습니다. 마련된 좌석을 꽉 채운 청중이 보인 열띤 호응이 인상적이었습니다. 모두들 반생을 미국서 살아온 이민 1세대 분들이

어서 그런지 한국과 한국문학에 대한 관심과 호기심이 무척 뜨겁더군요. 강연에 앞서 마련된 회식 자리에서는 한국문화연구회의 이중희 이사장과 이사들을 만났는데 그분들이 한국 문화와 한국의 사정에 대해 보인 열렬한 관심에 깊은 감명을 받았습니다. 그리고 강연과는 관계없이 현지의 한국학교 백은옥 교장 댁에서 저를 위해 베풀어 주신 만찬 자리에서 프린스턴 지방의 명사들과 가졌던 즐거운 시간은 저에게 오랫동안 잊히지 않을 추억으로 남을 것입니다.

53년 전의 '수업'을 재현한 교실은 뉴저지주의 어느 중소도시에 있는 대형 스페인 식당의 홀에 차려져 있었습니다. 1964년에서 1966년까지 졸업한 3개 학년의 학생들이 스무 명쯤 모였는데 모두 건강해 보였으나 일흔을 갓 넘은 나이는 어쩔 수 없는지 더러는 노티를 풍기고 있었습니다. 한동안 반갑게 손을 잡고 안부를 묻거니 옛일을 들추거니 한 후 수업이 시작되었습니다.

학생들의 소망에 따라 문법적 설명을 곁들인 강독 방식의 수업을 한 시간 남짓 했습니다. 들꽃에 대한 기싱의 애착이 드러난 대목에서는 미리 탭에 담아 간 선갈퀴, 애기똥풀, 물푸레나무 등의 사진을 보여 주면서 신명나게 설명했습니다. 교직에서 물러선 지 16년 만에 다시 서게 된 교단이었기 때문에 제 딴에는 제법 열띤 어조로 떠들어 댔는데 학생들에게는 제 모습이 어떻게 비쳤는지 모르겠습니다. 수업이 끝난 후 주고받은 질의 응답은 물론 제 야생화 탐사에 집중되었습니다. 이어 계속된 식사 시간에는 포도주 잔을 들고 기별로 나눠 앉은 학생들을 찾아다니면서 옛날 일들을 들추었습니다. 그리고 이 수업 시간과는 상관없이 몇몇 학생들과는 다른 날에 따로 만나 뉴욕의 주요 박물관을 찾아다니거나 회식 자리를 가지면서 즐거운 환담을 나누었습니다. 진정으로 감격스러운 나날의 연속이었습니다.

이 모든 일은 윤원배 박사가 반세기 전에 서울고등학교 교실에서 맺었던 저와의 작은 인연을 크게 해석해서 그 나름의 로맨틱한 꿈을 키웠기 때문에 성사되었습니다. 그의 집요한 꿈은 저로 하여금 반세기 만에 재현된 고교 교실에 다시 설 수 있게 해 주었고 저는 그 소중한 기회에 주어진 소임을 아주 자랑스럽게 수행하고 귀국했습니다. 지금 돌이켜 생각하니 정말 꿈결 같은 8박 9일이었습니다.

40년간 교원 생활을 하는 동안 저는 늘 교직에 대해 적잖은 자부심을 느끼고 있었지만 이번처럼 저의 경력에 대해 자긍심을 느낀 적은 없습니다. 하지만 제가 미국에서 겪은 감격스러운 일들을 이야기하자니 백에 하나 자기 과시로 비치기라도 할까 적잖게 걱정이 되네요. 이 자리에서 제가 자랑하고 싶은 것이 있다면 그것은 제 자신이 아니고 50여 년 전에 경희궁 터에서 인연을 맺었던 그 많은 천하 영재들이거든요. 그들을 가르치던 3년 동안 저는 비로소 영어라는 것이 무엇인지 조금은 알게 되었답니다. 그리고 그 시절부터 '가르치는 일은 곧 배우는 것'이라는 말의 진실성을 신봉했고 그 믿음은 앞으로도 변하지 않을 것입니다.

우연한 계기, 잇따른 사연들
■ 기싱 수상록에 맺힌 이야기 (2)

나이가 들면서부터 많은 책을 버렸습니다. 그중에는 젊은 시절 애지중지하던 책도 들어 있었지요. 하지만 누가 보아도 하찮은 책인데 아직 버리지 못한 것도 있습니다. 영국 소설가 조지 기싱(George Gissing, 1857~1903)의 *The Private Papers of Henry Ryecroft*라는 수상록이 그중의 한 권입니다. 1961년에 미국서 시그넷(Signet)판으로 간행된 염가 페이퍼백이랍니다. 이 책이 나오자마자 구입했으니 제 손에 들어온 지 반세기가 훌쩍 지났네요. 페이퍼백으로서의 명을 다했는지 지금은 표지가 퇴색하고 책장이 헤어져 너덜너덜 남루하기가 이를 데 없습니다.

이 책을 왜 그리도 소중하게 보관하고 있느냐고요? 저에게 많은 사연을 빚은 책이기 때문입니다. 우선 이 책은 구입하게 된 계기부터가 색다르답니다. 저는 1961년 가을학기부터 3년간 종로구 신문로 지금의 경희궁 자리에 있던 서울고등학교에서 영어를 가르쳤는데, 퇴근길에는 으레 광화문 네거리로 나왔고 자연히 두어 군데의 양서 전문점에 들르곤 했습니다. 어느 날 새로 수입된 영문학 서적이 꽂혀 있는 서가에서 생소한 제목의 얄팍한 책 한 권을 뽑아 이 대목 저 대목 훑어보는데 문득 precinct라는 낱말이 눈에 띄지 않겠습니까. 고등학교 시절 영어 시간에 처음 배운 후에 근 10년간 다시 만난 적이 없는 낱말이었습니다. 그 순간 그 낱말이 나온 구절이 떠오르더군요. 그래서 혹시나 하며 precinct가 나온 단락을 읽어보니, 아니나 다를까, 고교 때 읽은 바로 그 구절이 아니겠습니까. 물론 그날 저는 그 책을 사 들고 서점을 나왔습니다.

선거구 혹은 행정 관할 지역을 가리킬 때 쓰는 precinct는 그리 궁벽한 낱말이 아니지만 아무데서나 쉽게 눈에 띄지도 않습니다. 오래전에 미국에서 보니 뉴욕시의 경찰 관할 구역이 여러 개의 precinct로 나뉘어져 있더군요. 그러나 다른 곳에서는 이 낱말을 마주쳤던 기억이 별로 없습니다. 아무튼 이 낱말을 기화(奇貨)로 읽게 된 기싱의 수상록이 훗날 여러 가지 사연을 빚어 내게 될 줄을 그 당시에야 제가 어떻게 예상인들 했겠습니까.

다음은 그 낱말이 나오는 단락입니다.

I am no botanist, but I have long found pleasure in herb-gathering. I love to come upon a plant which is unknown to me, to identify it with the help of my book, to greet it by name when next it shines beside my path. If the plant be rare, its discovery gives me joy. Nature, the great Artist, makes her common flowers in the common view; no word in human language can express the marvel and the loveliness even of what we call the

모과를 선물로 받는다면

vulgarest weed, but these are fashioned under the gaze of every passer-by. The rare flower is shaped apart, in places secret, in the Artist's subtler mood; to find it is to enjoy the sense of admission to a holier precinct. Even in my gladness I am awed. (Spring 3)

나는 식물학자가 아니지만 오래전부터 즐겁게 초본 수집을 해왔다. 모르는 식물과 마주치면 도감을 펴서 그게 무슨 식물인지를 알아내고 훗날 그 식물이 길가에서 환하게 눈에 띄면 이름을 불러주며 반긴다. 희귀한 식물이라면 발견의 기쁨이 더욱 크다. 위대한 예술가인 자연은 평범한 꽃들을 흔히 볼 수 있는 곳에 만들어 두었다. 그중에서 우리가 아주 비천한 잡초라고 부르는 것까지도 그 꽃만은 너무도 경이롭고 사랑스러워서 인간의 언어로는 이루 표현할 수 없을 정도다. 하지만 그런 꽃들은 모든 행인들의 눈에 띄는 곳에서 꽃을 피운다. 반면에 진귀한 꽃들의 경우에는 보다 오묘한 기분에 빠진 예술가가 은밀한 곳에 따로 만들어 둔다. 이런 꽃을 발견하게 되면 보다 신성한 영역에 입장 허가를 받은 기분이 된다. 이럴 때면 나는 환희 속에서도 경외감을 느낀다.

이런 구절을 읽고 기분이 좋아지지 않을 사람이 있을까요. 이 대목은 영국 국민들에게서 일반적으로 찾아볼 수 있는 박물학적 관심을 역연하게 드러내고 있거니와, 훗날 제 취미 생활의 향방을 정해준 것도 바로 이런 구절에 대한 심취였을 거라는 생각이 듭니다.

서울고교에서 가르치던 시절 저는 주말이면 북한산에 오르곤 했는데, 그 당시만 해도 등산하는 사람들은 별로 없었습니다. 저는 철철이 변화하는 자연의 모습을 눈여겨보았고 하찮아 보이는 풀꽃이며 낯선 새들의 울음소리에 대한 애착을 기르고 있었습니다. 들꽃을 카메라에 담아 보았으면 좋겠다는 생각이 싹튼 것도 그 무렵이지만, 물론 필름 값과 현상·인화 비용 등을 감당하기 어려워 오랫동안 실현 가능성이 없는 염원으로만 남아 있었습니다.

한편 저는 기싱의 수상록을 발췌해서 영어 시간에 가르치기 시작했습니다. 학기마다 재미없는 검인정 교과서는 얼른 떼 버리고 기싱에서 발췌한 텍스트를 타자·등사해서 교재로 썼습니다. 당시 서울고등학교에는 전국의 수재들이 모여 있었기에 이런 의욕적인 수업이 가능했습니다. 그런데 그 시절에는 몰랐지만 이런 수업이 학생들에게도 상당한 자극과 감명을 주었던 것 같습니다. 세월이 흐르고 나서 사회 각계에 진출한 졸업생들을 어쩌다 만나게 되면 그들은 흔히 기싱 이야기를 들먹여 저를 놀라게 했거든요.

1980년대에 서울대학교가 교양교육 프로그램을 대폭 확대하자 저는 기싱의 수상록을 교양과목 교재로 쓰기 시작했습니다. 기싱의 산문은 우아하지만 문체가 고투(古套)이므로 현대의 비영어권 독자들에게는 읽기가 만만찮게 어려울 수도 있습니다. 그래서 1989년에 저는 텍스트에 상세한 각주를 달아 대학 교재 전문 출판사인 신아사에서 단행본으로 냈습니다. 몇 학기 동안 이 책을 영산문 강독 교재로 쓰니 학생들이 더러 부정적인 반응을 보이기도 하더군요. 그 당시 저는 학기마다 마지막 시간에 학생들에게 텍스트와 강의에 대한 평가 의견을 받아 보곤 했는데, 기싱에 대해서는 "왜 젊은 학생들에게 늙은이의 이야기를 읽히느냐?"는 식의 불만 섞인 반응이 두어 차례나 있었습니다. 그래서 저는 "나는 고등학교 시절부터 이런

모과를 선물로 받는다면

내용의 글을 좋아했는데, 시대가 바뀌었나 보다. 기싱을 싫어하다니!"라고 혼자 개탄하면서 격세지감을 느꼈습니다.

그러나 기싱에 대해서 부정적인 반응만 있었던 것은 아닙니다. 1992년 봄학기를 마쳤을 때 저는 한 수강생으로부터 귀한 선물을 받았습니다. 고고미술사학과―혹시 미학과?―에 다니며 하계 졸업을 앞두고 있던 장승원이라는 여학생이 연구실로 책 한 권을 보내온 것입니다. 펼쳐 보니 *Flowers and Folklore from Far Korea*라는 책이었는데 "한 학기 동안 열심히 가르쳐 주어서 고맙다"는 사연의 카드가 그 속에 끼어 있었습니다. 저자 플로렌스 헤들스턴 크레인 (Florence Hedleston Crane)은 일제 치하의 조선에서 기독교 선교를 하던 미국인 선교사 집안의 며느리였습니다. 그녀는 조선의 들꽃들을 모아 손수 채색화로 그리는 한편 학명을 알아내고 향명(鄕名) 및 관련 민담(民譚)을 수집해서 대형 호화판 책으로 엮어 출판했는데 제가 받은 책은 원본이 아니고 영국 왕립아세아학회에서 한정판으로 간행한 호화 복제본이었습니다.

약 한 해가 지나서 제가 장 양에게 연락이 닿아 감사의 전화를 했을 때, 장 양은 "집에 있던 책인데 선생님에게 꼭 필요할 듯싶어 선물했다"고 했습니다. 그 말을 듣자 저는 대체 내가 들꽃 탐사를 두고 교실에서 뭐라고 떠들어 댔기에 장 양이 이런 고마운 생각까지 하게 되었을까 싶어 조금은 머쓱하기까지 했습니다. 아무튼 저는 지금까지도 이따금 향명의 확인을 위해 이 귀한 책을 펼쳐보곤 한답니다.

지난 5월에 미국 프린스턴을 찾아갔을 때 저는 뜻밖에도 무척 놀라운 경험을 했습니다. 프린스턴신학교의 한국선교기념전시실에서 크레인 여사의 책 원본이 전시되어 있는 것을 보게 되었던 것입니다. 기싱과 관련된 서울고등학교 교원 시절의 '수업'을 재연하기 위해 찾아간 미국에서 왕년에 기싱을 교재로 삼은 서울대학교 교양과목 강의 시간을 떠올리는 단서 하나와 마주치게 되다니 그 기연(奇緣) 앞에서 제가 어찌 말문이 막힐 정도로 놀라지 않을 수 있었겠습니까.

기싱을 교양 교재로 쓰는 동안 저는 이 수상록을 우리말로 옮겨보고 싶은 충동을 느꼈습니다. 하지만 오랫동안 엄두를 내지 못하고 있던 중 1995년에 미국 유타주의 브리검영대학에서 1년간 한국문학을 가르치게 되었습니다. 한국에서 영문학을 가르칠 때는 한 학기 내내 긴장의 연속이었는 데 비해 미국 학생들에게 초급 수준의 한국문학을 가르치는 일은 그야말로 식은 죽 먹기였습니다. 그래서 저는 많은 시간을 서부의 명승지 탐방에 썼습니다. 그러고도 남는 시간에만 기싱을 번역했지만 그곳에 머무르는 1년 동안에 저는 별 어려움 없이 초벌 번역을 마칠 수 있었습니다.

이 번역본은 2000년에 『기싱의 고백』이라는 제목을 달고 효형출판사에서 출간되었습니다. 나오자마자 신문의 서평란에서 크게 거론되는 등 반짝 인기를 누리기도 했지요. 좋은 책이라느니 괜찮은 번역이라는 찬사도 들었는데 더러는 상투적이고 의례적인 언사를 넘어서는 것도 있어서 흐뭇했습니다. 그러나 웬일인지 출판사에서는 중쇄를 계속할 생각이 없었고 이내 절판되고 말더군요. 그래서 '기싱 수업'을 하러 미국에 갈 때는 옛 학생들에게 나누어 줄 복제본을 여러 권 만들어야만 했습니다.

『기싱의 고백』은 이제 고본으로나 구해 볼 수 있게 되었지만, 이 책 덕분에 저는 몇몇 소중한 연분을 맺었습니다. 무엇보다 고(故) 남정(南汀) 김창진(金昌珍) 교수와의 만남을 들 수 있습니다. 『기싱의 고백』이 출간되기 조금 전부터 저는 '초우재(草友齋) 주인'이라고 자처하는 분으로부터 부정기적으로 「초우재 통신」이라는 익명의 우편물을 받고 있었습니다. 그러던 중 2001년 4월 청명 날에 써서 보내온 통신문이『기싱의 고백』에서 한 구절을 길게 인용하고 있지 않겠습니까? 이를 계기로 저는 이 정체불명의 통신인에 대해 그간 품고 있던 약간의 경계심을 풀었고 그 대신 일종의 우정이랄까 동지 의식 같은 것을 느끼기 시작했습니다. 그로부터 다시 한 해가 더 지나서야 저는 초우재의 남정과 상면할 수 있었는데 그때 시작된 우리 두 사람 사이의 친교는 2016년에 그가 작고하기까지 15년간이나 끈끈히 계속되었습니다.

그리고 또 하나의 에피소드.

2012년 9월에 저는 또 다른 미지의 통신인으로부터 메일 한 통을 받았습니다.

저는 요즘 조지 기싱의 헨리 라이크로프트의 수기를 다시 꺼내 읽고 있습니다.

그러다가, 문득 이 책을 번역해 주신 분께 감사의 말씀을 드리고 싶다는 마음이 들었답니다.

조지 기싱이 종종 한국 작가처럼 느껴지는 건 모두 교수님 덕분이 겠지요. 고맙습니다.

삶을 살아가고 마음의 질서를 형성하는 데 큰 힘이 됩니다.

Wayles라는 이메일 ID를 쓰는 이분은 기싱의 원본을 구하지 못해 아마존의 킨들을 통해 전자책을 다운로드받아 조금씩 읽어 나가고 있는 중이라는 말까지 덧붙였습니다. 제가 정중히 감사의 답신을 보냈더니, 이번에는 그가 사진 한 장을 보내왔고, 다음 사진 설명이 있었습니다.

왼쪽 책—제가 외출할 때마다 가방에 넣고 다닌 탓에 저렇게 낡아 버렸답니다. ㅋㅋ 그래도 정이 많이 들었어요.

오른쪽 책—일본인인 제 와이프가 낡은 책이 너무 궁상맞다고 구박해서 얼마 전에 어렵사리 인터넷에서 중고책을 구했답니다. ㅎㅎ

이에 감격한 저는 "글을 쓰거나 번역을 하는 사람에게 독자들로부터 호의적인 반응을 받게 될 때보다 더 기분이 좋아질 때는 없을 것이다, 기싱을 번역·출판한 후 나는 분에 넘치는 찬사를 들었지만 이번처럼 가슴이 설레지는 않았다"—뭐, 이런 어조의 답신을 보냈습니다. 저는 아직까지도 Wayles님을 만나지 못했지만 적어도 심정적으로는 그분을 오랜 지기처럼 가까이 여기고 있답니다.

앞서 서울고등학교에서 가르친 학생들과 관계되는 후일담을 건듯 언급한 바 있습니다만, 미국서 살고 있는 졸업생들 중의 한 분은 50여 년 전 고교 시절의 '기싱 수업'을 잊지 못해 저로 하여금 멀리 미

모과를 선물로 받는다면

국까지 가서 여러 명의 서울고교 동창들 앞에서 옛 수업을 재연하도록 주선했습니다(「미국에서 재현된 고등학교 영어교실」 참조). 이 수업이야말로 기싱과 맺어 온 저의 질긴 인연이 늘그막에 하나의 큰 매듭을 짓는 대목이라고 해도 크게 과장된 말은 아니겠지요?

지금 생각하면 오래전에 광화문의 한 양서점에서 우연히 펼쳐 본 책에서 precinct라는 낱말이 눈에 띈 덕분에 참으로 많은 인연들이 맺어졌습니다. 사소한 단서 하나가 제 삶을 여러모로 윤택하게 해 준 셈이지요. 이제 제게 남은 과제는 절판된 지 10년이 넘는 『기싱의 고백』을 개고(改稿)하여 새로이 책을 냄으로써 그 질긴 인연의 고리들이 어떤 식으로든 이어지게 하는 일이 아닐까 싶습니다.

두브로브니크 탐방기

크로아티아의 두브로브니크가 우리나라 해외 관광객들에게 널리 알려진 지는 얼마 되지 않습니다. 하지만 이 고장에 대한 저의 관심은 오래전에 시작되었습니다. 지금부터 50년도 더 되는 예전에, 그러니까 발칸 반도의 아드리아해(海) 연안 국가인 오늘의 크로아티아가 유고슬라비아 연방의 일부이던 시절에, 두브로브니크에 대한 저의 궁금증은 처음 시작되었고 그 후 이런저런 계기로 그 궁금증은 점점 증폭되고 있었습니다.

1965년 여름 제가 런던의 히드로 공항에서 독일 쾰른/본으로 가는 비행기의 탑승을 기다리고 있을 때였습니다. 안내 방송이 나오기에 들어보니 모처로 떠나는 British European Airways(BEA)의 이륙 시간이 가까워졌으니 아직도 탑승하지 않은 승객은 어서 타 달라는 내용이었습니다. 그 방송이 몇 차례 거듭되기에 궁금한 나머지 출발 스케줄 전광판을 쳐다보지 않았겠습니까. 출발이 임박한 BEA편

모과를 선물로 받는다면

은 두브로브니크로 가는 직항기였습니다. 처음 들어 보는 지명인지라 기억해두었다가 나중에 지도책을 들여다보니 유고슬라비아 연방의 아드리아 해안가에 있는 아주 작은 도시였습니다. 그 순간 이 공산주의 국가의 작은 고장이 대체 어떤 곳이기에 런던서 직항기가 다 있을까 싶었지만 물론 더 깊이 알아볼 생각은 하지 않았습니다.

그 후 한참의 세월이 흐르고 나서 1980년대에 TV에서 본 영화 한 편으로 인해 그 도시에 대한 관심이 다시 일게 되었습니다. 그 영화는 나치 점령기에 발칸 반도에서 활약한 항독 유격대의 이야기를 줄거리로 한 것이었는데 그 무대가 두브로브니크였고 그곳이 심상찮게 매력 있는 곳이라는 것을 보여 주고 있었습니다. 저는 저런 곳에 한번 가 보았으면 좋겠다 싶었지만 물론 여전히 실현 가능성은 전혀 없었습니다.

다시 많은 세월이 흘러 교직에서 물러난 후 민음사의 청탁으로 로버트 D. 카플란(Robert D. Kaplan)의 *Mediterranean Winter*라는 역사 기행서를 우리말로 옮기게 되었습니다. 2007년에 『지중해 오디세이』라는 제목으로 출간된 이 책 속의 한 장은 「두브로브니크, 지금도 도시국가를 꿈꾸다」인데 바로 이 부분이 이 도시의 풍광과 역사를 풍미 있게 요약하고 있습니다. 제가 이 책을 좋아하는 것은 이 책이 단순한 여행 안내서가 아니고 저자가 해박한 역사 지식을 쏟아 넣은 책이기도 하기 때문입니다. 저자는 이 탐방기에 역사적 사실들을 해박하게 늘어놓음으로써 독자들로 하여금 마치 현장에서 역사 속을 여행하는 듯한 착각에 빠지게 합니다.

심심풀이 삼아 번역해 본 여행기 한 권 때문에 두브로브니크에 대한 제 관심이 이제는 돌이키기 어려울 정도로 깊어졌습니다. 그래서 저는 자주 이용하던 영국 여행사의 투어를 이용하려고 마음먹고 인터넷 예약 직전까지 간 적이 두 차례나 있었지만 번번이 부득이한 사정으로 인해 제 꿈은 실현되지 못하고 말았습니다. 그러다 작년 11월 독일 방문 때에는 그곳에 사는 외손녀 모녀를 동반하고 3박 4일 일정으로 두브로브니크를 찾아갔고 그로써 제 해묵은 소망은 마침내 실현되었습니다.

두브로브니크의 가을 날씨는 변덕이 심하더군요. 약 절반은 쾌청이었고 나머지는 흐리거나 궂었습니다. 맑은 날에는 성곽을 돌거나 시내버스 편으로 외곽 지역을 둘러보고 케이블카로 앞산에 올라 사방을 조망했고, 날씨가 흐리거나 궂을 때는 교회, 수도원, 박물관 등 옥내 탐방을 했으므로 관광은 효과적으로 한 셈입니다. 다만 관광의 피크 시즌이 지났는데도 여전히 많은 사람들이 찾아오는 통에 케이블카 승강장에는 늘 긴 줄이 있어서 시간에 쫓기는 사람들이라면 원하는 시간에 산정에 오르기가 쉽지 않아 보이더군요.

공항에 내리자 미리 예약해 두었던 택시 기사가 우리를 맞았습니다. 우리가 빌린 펜션의 주인이 자기 친구를 공항으로 보냈던 것입니다. 시내까지는 약 20분간의 주행거리였는데 도중에 시내까지의 공정 요금은 30유로라는 안내 간판이 보였습니다. 그곳도 택시의 바가지 요금 시비가 잦았던 모양이니 남의 나라 이야기라고만 할 수는 없겠지요. 기사는 펜션 주인이 가톨릭 교도이고 자기는 무슬림이지만 서로 절친한 사이라고 했습니다.

모과를 선물로 받는다면

성벽 안쪽에는 차량 진입이 허용되지 않기 때문에 차는 서쪽의 필레 성문 밖에서 섰습니다. 거기서는 기사의 안내를 받아 그리 멀지 않은 거리를 걸어갔습니다. 성안으로 들어가는 길에는 옛 성에서 흔히 볼 수 있는 도개교(跳開橋)가 놓여 있었고 그 위쪽 성벽에는 한 조상이 서 있었습니다. 이 조상의 주인공은 블라이세라는 성인이었는데 두브로브니크의 주보 성인으로 시내 어디서나 그 입상이 보이더군요. 그가 왼손에 받쳐 들고 있는 것은 두브로브니크의 시가지 모형이었고요.

성문에서 시내로 내려오기 전에 가장 먼저 눈에 띈 것은 동그란 돔을 가진 구조물이었는데 나중에 알고 보니 중심 거리의 서단(西端)에 있는 대(大)오노포리오 샘(fountain)이었습니다. 이 샘은 동서양의 도시에서 흔히 볼 수 있는 장식용 분수대와는 달리 중세부터 사용되어 온 집수정(集水井)이었습니다. 중심 거리의 동단에는 소(小)오노포리오 샘이 있었는데 이 두 샘은 물이 귀하던 이 도시에서 요긴하게 이용된 역사적 구조물로 남아 있습니다.

우리가 세낸 숙소는 중심 거리에서 남쪽으로 조금 떨어진 평지의 펜션 3층이었습니다. 여장을 풀고 창밖을 내다보니 파란 하늘 아래 가파른 바위산이 보이고 그 아래로 성벽 바깥으로 전개된 시가지의 일부가 보였습니다. 두브로브니크의 구도시는 성곽으로 완벽히 둘러싸여 있습니다만, 성곽의 총 길이가 2킬로미터나 될까 말까 아주 작은 고장입니다. 그리고 길이가 미처 200미터도 되지 않는 중심 거리 스트라둔이 대충 동서로 뻗어 있는데 그 주변의 평지는 얼마 되지 않고 북쪽으로 난 가파른 비탈에는 긴 계단으로 된 좁은 골목길들이 여러 개 쭉쭉 뻗어나 있습니다. 남쪽으로는 나직한 언덕 너머가 바다이고요.

널찍한 스트라둔 거리에서는 관광객들만이 보일 뿐 차량이라고는 한 대도 보지지 않았습니다. 거의 모든 길에는 거울처럼 반질거리는 석회암 판석이 깔려 있었고 얼핏 보면 젖어 있는 것처럼 보여 미끄러울 듯했지만 보행에는 전혀 지장이 없더군요.

구시가지의 동쪽 끝을 향해 걸어 내려가다가 제 눈에 가장 먼저 들어온 것은 오른쪽으로 보이는 바로크 양식의 건물이었습니다. 이 고장의 주보 성인을 기리는 성블라이세 성당이었는데, 원래의 건물이 지진으로 파괴된 후 18세기 초에 재건되었다는 교회의 전면에는 성블라이세의 조상이 우뚝 서 있었습니다.

성당 안에서는 쇠살로 보호되고 있는 유리벽 속에 4세기에 순교했다는 성(聖)실반이라는 분의 시신이 안치되어 있습니다. 준수한 얼굴이 태평스럽게 잠든 모습인데 목에는 참수의 자국이 선명하더군요. 현장에서는 이게 설마 실물 시신일까 반신반의했습니다만, 나중에 문헌을 뒤져 보니 얼굴 모습이 왁스 처리된 이 시신은 오늘날 유럽 각지의 가톨릭 교계에서 보존하고 있는 부패하지 않는 시신 중의 한 구라고 합니다.

성블라이세 성당에서 나와 찾아간 곳은 그 뒤쪽에 있는 성모승천 대성당이었습니다. 이 건물 역시 18세기 초에 재건되었다는데, 근년에 있었던 복원 공사 때 고고학자들은 6세기 비잔틴 교회의 유물들을 찾아내서 두브로브니크의 역사가 초기 중세까지 소급되고 있음을 밝혀 냈다고 합니다. 이 대성당에서 보관하고 있는 보물 중에

모과를 선물로 받는다면

는 성블라이세 관련 유물도 있다고 하더군요.

여기저기 둘러보며 구시가지의 동문 격인 플로체문(門)에 이르렀을 때는 땅거미가 들 무렵이었는데 맑은 하늘에 조각달이 걸려 있었고 바다는 잔잔했습니다. 많은 보트들이 줄을 지어 정박하고 있는 마리나도 아주 평화로워 보였고요.

성벽 바깥으로 나가 바다 쪽으로 내려오니 부둣가에 가로등이 켜져 있었고 항구 건너편으로 바라보이는 비탈진 플로체 구역에 늘어선 주택과 공공 건물들이 석양을 받아 아름다웠습니다. 관광객들로 북적이는 한 식당에 들어가 그 지방 맥주 한 잔을 곁들인 식사 주문을 했습니다. 해물 리소토에 오징어 튀김과 홍합 등을 시켰는데 우리 입맛에 잘 맞았습니다. 숙소로 돌아오는 길에 점잖게 조명된 종탑 하나가 눈에 들어왔는데 다음 날 보니 도미니카 수도원 소속의 종탑으로 구시가지에서는 어디서나 쳐다보이는 기념비적 랜드마크이기도 하더군요.

두브로브니크 탐방의 하이라이트는 뭐니뭐니해도 성벽 일주입니다. 성벽 위에서는 성 안팎의 시가지뿐만 아니라 산과 바다까지 시원하게 조망할 수 있기 때문입니다. 출입구는 동서 양쪽으로 각각 한 군데씩 있습니다. 동문 근처에서 성벽으로 올라가니 시계 반대 방향으로 돌게 되어 있고요. 성벽은 대부분 암반 위에 세워진 데다 워낙 두꺼워서 역사적으로 난공불락의 성으로 알려져 있었던 이유를 짐작할 수 있게 하더군요.

하지만 이 튼튼한 성곽도 현대전의 포격으로부터는 자유로울 수 없었던 모양입니다. 1991년과 1992년에 유고슬라비아 연방이 몇 개의 독립국가로 해체되면서 겪었던 내전에서 구시가지 일대는 세르비아군의 포격을 당했습니다. 하지만 놀랍게도 그 피해는 그리 크지 않더군요. 성곽에서 내려다보이는 몇몇 공터들이 그 포격의 피해를 증언하고 있었는데, 웬일인지 시 당국에서는 오랫동안 이 피격 지역들을 복원을 하지 않고 그 흔적들을 깔끔하게 정리해서 보존하고 있습니다.

바닷가의 성벽 위에서 서북쪽으로 바라본 풍경은 제 마음속에서 오랫동안 잊힐 것 같지 않습니다. 구름이 떠 있는 파란 가을 하늘과 진한 쪽빛 바다, 그리고 그 사이에 우뚝 솟아 있는 로브리예나크 요새와 그 주변의 필레 구역 구릉에 옹기종기 자리 잡고 있는 가옥들의 빨간 지붕들이 이루는 조화는 앞으로 제가 두브로브니크를 생각할 때마다 가장 먼저 떠오르는 심상이 될 것이라 믿습니다.

성벽 위에서 거닐 때면 내려다보이는 붉은색 기와 지붕들이 미묘한 매력으로 바라보는 이의 마음을 끕니다. 카플란은 이 지붕에 대해, "나는 수많은 진흙 기와를 바라보았다. 이 기와 지붕이야말로 지중해 건축의 영혼이며 에드가 드가가 '참을성 있는 세월의 합작품'이라고 부른 것을 표현하고 있다. 암석 속에 박혀 있는 화석처럼 그 기와 지붕들은 계절의 기록표를 형성한다. 춥고 습한 겨울철과 타는 듯한 더운 여름철이 그 기와 지붕에 쉽게 잊히지 않는 오묘한 채색을 했다. 밤색, 노란색, 그리고 이글거리는 황토색 등이 보였는데 모두 오랜 세월에 걸쳐 소금기 도는 공기와 곰팡이가 자라서 생성된 결과였다"라고 말하고 있습니다.

두브로브니크는 성 밖에서 바라보아도 아름답기가 비할 데 없습니다. 필레문 바깥 바다 쪽으로 돌출된 험한 언덕 위에 축성된 로브리예나크 요새에 올라가면 동쪽으로 바닷가의 암벽과 그 위에 세워진 성벽 그리고 성 안팎의 시가지를 한꺼번에 조망할 수 있는데 이 또한 오래오래 기억에서 지워지지 않을 풍경으로 남을 것이라 확신합니다.

하지만 드브로브니크의 구시가지와 신시가지를 한꺼번에 시원하게 조망하기 위해서는 케이블카를 타고 앞산으로 올라가야 합니다. 쾌청한 날 오후에 산정에서 내려다보는 경관은 참으로 황홀했습니다. 서남쪽으로는 성곽으로 둘러싸인 손바닥만 한 구시가지가 뭍에서 격리된 채 바다 위에 떠 있는 듯했습니다. 그 너머로 보이는 진청색 바다는 서쪽으로 약간 기운 햇살을 비껴 받아 잔잔하게 반짝이고 있었고요. 고개를 오른쪽으로 돌리니 라파드 구역의 신시가지가 동서로 길게 전개되어 있었는데 그 경관 역시 그림같이 아름다웠습니다. 그 서단에 있는 신항(新港) 너머로는 멀리 이름난 크루즈 탐승지라는 엘라피티 열도가 보였습니다.

뒤로 돌아서니 인접한 국경선 너머로 보스니아의 황량한 석회암지대가 끝없이 눈에 들어오더군요. 그 순간 마치 낙원에 있다가 지옥 쪽으로 고개를 돌린 듯한 느낌이 들었습니다. 그런 인상 때문이었는지 두브로브니크야말로 황무지에 박힌 채 외로이 반짝이는 보석 같은 고장이구나 싶었습니다.

두브로브니크의 가을 날씨는 변화무쌍했습니다. 오전 내내 비가 오다가도 오후에는 감쪽같이 구름이 걷히는 식이었거든요. 그래서 굿은 시간에는 시내에서 옥내 탐방을 했습니다. 우천 시의 탐방으로 가장 먼저 찾은 곳은 14세기에 로마네스크 양식으로 지었다는 프란시스코 교단의 수도원이었는데 오늘날에는 박물관으로 바뀌어 관광객들로 북적이고 있었습니다.

18세기에 이 고장에서 태어나 극작가로 활약한 마린 드르지치는 많은 희극을 쓴 것으로 알려져 있는데, 기념관 및 기념 극장 등이 그를 기리고 있습니다. 그곳 사람들은 그를 두고 셰익스피어와 비견할 만한 위대한 작가였다는 주장을 하기도 하는 모양인데, 글쎄요, 생몰 연대가 영국 극작가와 비슷할 뿐 작품이 그 정도로 위대했는지는 모르겠습니다.

두브로브니크는 비교적 근래에 붙여진 지명이고 19세기까지의 이름은 라구사(Lagusa)였다고 합니다. 스트라둔 거리의 동쪽 끝에는 예전에 라구사를 통치하던 사람들의 공관이 있는데 지금은 박물관이 되어 있더군요. 이 박물관을 탐방하며 저는 많은 것을 배웠고 또 생각했습니다. 우선 라구사는 역사적으로 오랫동안 베네치아의 영향하에 있으면서 독립 도시국가 행세를 했고 소수의 세습 귀족들에 의해 과두정치 체제로 통치되고 있었다고 합니다. 해외 무역에 치중하는 상업도시였던 이 고장에서 지배계층은 정치적으로 상당히 진취적이었고 계몽되어 있었으며 '노블레스 오블리주' 이념을 실천하고 있었다고 합니다. 카플란에 의하면 라구사는 일찍이 16세기 초에 이미 노예 무역을 철폐했고, 시민의 건강을 돌보는 체계와 무상 공교육 제도를 수립하고 있었다고 합니다. 뿐만 아니라 16세기에는 시내의 쓰레기 처리와 도시계획까지 수립되었지만, 허세를 부리기 위한 재정 낭비는 거의 없었는데, 스트라둔 거리에서 불 수 있는 바로크 양식의 소박한 건물들이 바로 그런 절제의 결과였다는 겁니다.

우천을 피해서 찾아갔던 또 한 군데는 숙소에 인접한 민족박물관이었습니다. 이 높다란 건물 속에는 여러 층에 걸쳐 두브로브니크의 역사, 풍속 및 생활 양식을 짐작하게 하는 전시물들이 있었지만, 무엇보다 저의 주목을 끈 것은 전시 공간을 지키는 여직원이었습니다. 그녀는 촬영을 금지하는 등 온갖 간섭을 함으로써 서부 유럽의 어느 나라에서도 볼 없는 살벌한 분위기를 자아내고 있었습니다. 약 20년 전에 체코 필센의 유명한 맥주회사 시험장에서, 그리고 베를린에서 그리 멀지 않은 옛 동독 지역 포츠담의 상수시 궁전에서도 여성 지킴이들이 비슷한 분위기를 자아내는 것을 눈여겨본 적이 있는데, 그 준엄한 얼굴의 여성들에게서 저는 옛 공산주의 국가의 어두운 사회 분위기의 잔재를 보는 듯한 기분이었습니다. 전체주의 통치 체제가 와해된 지 4반세기가 지나도록 아직도 그 시절이 완벽히 청산되지 못하고 있는 셈이니 그 지킴이 여성이야말로 민족박물관에 전시되어야 할 소장품으로도 손색이 없겠다는 생각이 들 지경이었습니다. 하지만 이런 여인 한두 사람이 있다고 해서 두브로브니크에 풍미하는 밝고 자유분방한 분위기가 어두워질 수는 없는 일이지요.

탐방 나흘째 되는 날은 펜션에서 체크아웃한 후 곧 작별하게 될 고장의 여기저기를 다시 기웃거려 보았습니다. 우선 대사원 옆에 있는 농산물 직판장으로 갔습니다. 그 시장은 바닥에 판석이 깔린 공간으로 가장자리에 풍상을 겪은 바로크 양식의 건물들이 둘러 있었고 한가운데에는 그 지방 시인 이반 군둘리치의 동상이 서 있습니다. 농민들은 직접 재배한 농작물과 가공 식품 등을 들고 나와서 그 노천에서 판매하고 있더군요.

카플란의 책에 의하면 날마다 오전 11시 55분이 되면 시장 주변의 건물 지붕에 비둘기들이 가득히 모여든 후 5분 동안 기다리다가 대사원에서 종이 칠 때 대오를 지어 날아간다는데 이를 '두브로브니크의 기적'이라고 부르나 봅니다. 하지만 저는 시간을 맞추지 못해 그 진경(珍景)을 놓치고 말았습니다.

스트라둔 거리를 다시 거닐다가 북쪽 비탈로 나 있는 많은 골목 중의 두어 곳에도 들어가 보았습니다. 골목마다 기념품 가게며 카페며 식당 등이 즐비했는데 한 계단 길에서는 뜻밖에 덩굴해란초를 만났습니다. 우리나라에서는 근년에 덩굴해란초가 인천 시내에서 발견되어 들꽃 동호인들 사이에서 센세이션을 일으켰던 일이 있지요. 한데 유럽에서는 두브로브니크뿐만 아니라 독일의 한 고성에서도 볼 수 있을 정도로 꽤나 흔한 식물인가 봅니다.

다시 스트라둔 거리로 들어오니 문득 카플란의 구절들이 생각났습니다. 그는 "중세 · 르네상스 시대를 늘어놓은 무대 세트" 같은 중앙 광장과 스트라둔 거리에서 "중세의 밝은 면"에 대해서 생각했으며 그것은 "두브로브니크의 중심 교훈"이었다고 말합니다. 그는 또 "두브로브니크는 철학자가 생각하는 이상적 아름다움이라 해도 좋을 모습으로 우리 앞에 나타난다"고 하는데, 어쩐지 저는 이런 의견에 대해서도 아무 망설임 없이 동의하고 싶습니다.

　제가 오랫동안 품어 오던 소망 하나는 그렇게 실현되었습니다. 두브로브니크는 좁은 바닥이지만 그 속에는 오랜 역사가 누적되어 있었고 시민들의 얼굴에서는 자기네 내력에 대한 자부심과 미래에 대한 희망을 읽을 수 있었습니다. 그래서 그런지 그곳에 머문 3박 4일 동안 저는 내내 기분이 좋았습니다.

　작별의 아쉬움을 멀리하며 구시가지를 벗어난 우리는 높다란 언덕 위의 북문 밖에서 마지막으로 한 차례 시가지를 조망한 후 공항 행 리무진에 올랐습니다.

　아듀, 두브로브니크!

정
진
홍

一 생로병사

생로병사

■ 종교학적 자리에서의 자전적 에세이

生

나는 내 출생과 아무런 관련이 없습니다. 나는 내 출생을 의도하지도 않았고, 내 출생을 예상하지도 않았으며, 내 출생을 스스로 확인하지도 않았습니다. 나는 내 출생을 당연히 자축했을 까닭이 없습니다. 나는 내 출생에 무지했습니다. 그러므로 나는 내 출생에 아무런 책임이 없습니다.

그럴 수밖에 없습니다. 내 출생 이전에 나는 없었습니다. 나는 내 출생과 더불어 있기 비롯했습니다. 나의 없음과 있음을 가르는 계기가 내 출생인데, 그렇다고 하는 것은 그 출생과 내가 전혀 무관한 채 내가 있게 되었다는 것을 뜻합니다. 그런데 내가 나도 모르게 내가 되었다는 것은 지극한 '부조리'입니다. 나 스스로 나의 있음의 자리에서 나의 없음의 자리를 바라볼 때 그러합니다.

그런데 알 수 없는 일입니다. 내 없음의 자리에서 내 있음을 일컫는 이야기들이 있습니다. 그것은 다양하고 얽히고 몽롱하고 때로는 놀랍고 때로는 두렵기조차 합니다. 나의 출생은 기다림의 성취이기도 하고, 어떤 섭리의 얽힘이기도 하며, 필연인가 하면 우연이기도 합니다. 이런 이야기들은 따듯하게 내게 전해지기도 하고 준엄하게 내게 발언되기도 했습니다.

아주 어렸을 적입니다. 어머님께서 늙은 호박을 따다가 이를 썰어 마당 빨랫줄에 너실 때면 나는 내 생일을 예감했습니다. 그것은 배추를 뽑아 텅 빈 밭에 서리가 내릴 즈음과 거의 같은 때였습니다. 생일 점심 때 나는 물호박떡을 먹었습니다. 그리고 저녁에는 으레 아욱죽을 먹었는데, 떡에 쓴 쌀을 어머님께서는 그렇게 채우셨습니다.
나는 누님들 둘에 이어 '마침내 태어난 아들'이었습니다. 그리고 아버님께서 당신 친구에게 나를 소개하면서 "내 맏상제요" 하시던 것도 기억납니다. '아들'과 '맏상제'의 함축을 터득하는 데는 무척 긴 세월이 필요했습니다. 그 세월은 내게 꽤 팽팽한 긴장의 지속이었습니다. 이유 있음과 이유 없음의 뒤섞임이, 그리고 책임 있음과 책임 없음의 얽힘이 나와 이어진 '사실'인 것일 때, 그 긴장은 자연스레 내게 그 사실을 간과하고 싶은 현실이게 하게도 하였습니다. 힘이 들었기 때문입니다. 고개를 들지 않고 질끈 눈감아 버리면 모든 사물이 가벼워진다는 경험은 상당히 편리한 해답으로 내게 참 오래 지속되었던 것이라고 나는 이제 말할 수 있습니다. 부끄러운 증언이지만.

모과를 선물로 받는다면

이래저래 내 있음에 관한 이런 이야기들은 감당하기가 버거웠습니다. 그렇지만 그 이야기는 나와 아랑곳없이 쉼이 없었습니다. 늘 되풀이되었습니다. 듣다 보면 짜증도 나고 지루하기도 했습니다. 그런가 하면 몰두하게 하기도 하고 끝자락을 놓치지 않으려 애쓰게도 했습니다.

그러다 어느 결에 그 소음들이 실은 나 있기 이전에 있었던 어떤 주체의 이야기가 아니라 나 스스로 나한테 하는 발언일지도 모른다는 생각이 들기 시작했습니다. 그러한 이야기를 하는 주체가 실재하는지, 아니면 내가 내 없음과 있음에 엉키어 그것을 풀려고 다만 그렇다고 내가 여기고 있는 이야기들의 숲 속에 스스로 걸어 들어간 것은 아닌지 하는 생각을 한 것입니다. 그래서 그 이야기의 주체들이란 실은 나의 다른 주체들일 거라는 생각에 경도(傾倒)되었습니다. 어쩌면 그런지도 모릅니다. 바람이 부는 날이면 숲의 나무들이 무성한 자기 모습만큼이나 울창한 소음들을 내게 들려주곤 했기 때문입니다. 아무튼 나는 억지로라도 그 이야기의 소용돌이에 무관심하려 했는데, 다행하게도 나는 그러면서 그 긴장을 조금은 느슨하게 이어갈 수 있게 되었습니다. 지금도 그 경사의 내림 길을 이어 살아갑니다. 그 끝이 어딘지 조금은 불안하지만.

그러나 어찌 되었든 의도하지 않은 일인데도, 나도 모르게 내게 과해진 일인데도, 그 일을 불가불 꾸려 가야 한다는 것은 상당히 힘겨운 일이었습니다. 삶은 그랬습니다. 차마 그렇다고 하지 않을 수 없는 그런 것이었다고 해도 좋을 듯합니다. 그러나 참으로 그런지 그렇지 않은지 판단하기 이전에 이미 나는 먹고 싸고 놀고 잠자고 하면서 '자라고' 있었습니다. 판단은 얼마나 사치스러운 삶의 잉여인지요. 이윽고 남들이 나를 꽤 자랐다고 했을 때 나도 나 스스로 그렇게 느꼈습니다. 그리고 그것이 자랑스러웠습니다. 그때 내게 일었던 삶이란 온통 꿈으로 범벅이 된 것이었습니다. 삶의 주인이란 자신의 삶을 자기의 꿈으로 채우는 사람이라고 나는 지금도 믿고 있습니다. 그 꿈은 이른바 '꿈의 실현' 여부와는 아무런 상관이 없습니다.

물론 꿈은 흥미로운 경험이었습니다. 내겐 꿈과 현실의 갈등이 자주 일었습니다. 꿈에 오줌을 누면 참 시원했습니다. 그러나 그 꿈은 현실에서 요를 모두 적셨고, 나는 키를 머리에 이고 이웃집에 가서 소금을 받아 와야 했습니다. 그래서 그랬겠는데, 가끔 꿈이 무서워서 깨어나야겠다고 꿈꾸면서 몸부림을 치기도 했습니다. 그런데도 거듭 말하지만 삶보다 꿈이 더 좋았습니다. 꿈에는 날개를 달고 날 수 있었습니다. 나는 꿈을 꿀 수 있는 밤이 좋아 하루가 즐거웠습니다. 그러면서 꿈이 현실에서 도망칠 수 있는 유일한 안위라는 사실 때문에도 밤을 품은 낮이 즐거웠다는 사실마저 첨언하지 않으면 나는 아무래도 정직하지 않을 듯합니다.

아무런 꿈도 꿀 수 없는 현실이 있다는 것을 겪은 것은 내가 꽤 자란 뒤의 일입니다. 아니, 정확하게 말한다면 꿈을 꾸려는 생각이 얼마나 사치스러운 일인가를 안 것이라고 말해야 할 텐데, 아니, 더 정확하게 말한다면, 그 사치스러움을 누릴 아무런 자격이 내게는 없다는 것을 알아야 한다는 것을 누군지 내게 강요하고 있음을 알

모과를 선물로 받는다면

아차린 것이라고 해야 할 텐데, 아마도 그때부터 삶이란 내가 선택하지 않은 일을 어쩔 수 없이 견뎌야 하는 힘든 것이라는 사실에 익숙해진 것일 거라고 지금 생각합니다.

그때는 내가 내 이야기를 모두 부모님께 말씀드릴 수 없다는 것을 터득한 때와 같이 합니다. 내 몸의 현존을, 몸이 있어 내가 있음을, 그래서 내 실존을, 부모 탓이라고 해도 좋을 거라는 발언을 하고 싶은데 나는 할 수 없었습니다. 그렇게 말하기에는 내가 너무 자랐었다고 해야 옳습니다. 그리고 아버님은 이미 이 세상에 계시지 않았습니다. 시신도 남겨 놓지 않으신 채, 떠나신 날도 알지 못한 채, 그렇게 없어지셨습니다. 정확하게 기술한다면 그렇게 없앰을 당하셨다고 해야 옳습니다. 그런데 그래서 나는 꿈을 꾼다는 것이 내게 얼마나 걸맞지 않은 삶의 몸짓인지 알아야 한다는 강압에 휘둘리면서도 꿈을 꾸었다고 해도 좋습니다.

삶은 꿈이라고 나는 말하고 싶어집니다. 내 출생과 이어진 그 많은 이야기의 소용돌이도 꿈의 출렁임과 다르지 않지 않으냐고 나는 아무에게나 묻고 싶습니다. 삶은 꿈입니다. 꿈에서 깨어나도 꿈이고, 꿈에서 꿈을 꾸어도 꿈입니다.

老

아버님은 찬데 따듯하셨습니다. 어머님은 따듯한데 차셨습니다. 나는 아버님이 더 좋았습니다. 그래서 그렇게 살아가고자 했습니다. 아버님을 잃었을 때 나는 내 '마지막 자리'의 상실을 경험했습니다. 나는 지금도 그 사실이 내 꿈의 상실과 이어져 있다는 것, 그러나 참으로 역설적이게도 그 상실의 회복에 대한 기대로 내 생애가 점철되었던 것이라고 믿고 싶습니다. 꿈의 상실이란 없습니다.

'따듯한 자리'의 소멸을 안은 채 살아간다는 것은, 분명히 말하고 싶은 건데, 쉽지 않습니다. '하느님 아버지'를 뇌면서 나는 언제나 그것의 사실 아님과 그렇게라도 해서 내 현실에서의 아버지의 부재를 보상받아야만 겨우 숨을 쉴 수 있다는 그것의 사실성 사이에서, 그래야 따듯함에의 귀착을 꿈꿀 수 있다는 사실의 사실성 사이에서, 편하지 못했습니다. 지금도 다르지 않습니다. 사실은 그렇게 '하느님 아버지'를 부르면서 나는 편했다고 발언하고 싶은데, 그 발언이 엉키게 할 숱한 내 발언에 대한 남과 나 스스로의 메아리를 나는 감당하기 쉽지 않을 것 같아 두렵습니다. 하지만 나는 감히 하느님 아버지는 내게 꿈이었다고 말합니다. 꿈을 깨울 수는 있습니다. 그러나 꿈을 꾸지 못하게 할 수는 없습니다.

그런데 나는 아버님처럼 살지 않았습니다. 그렇게 살지 못한 것 아니냐고 누가 묻는다면 나는 뚜렷하게 아니라고 답할 것입니다. 살아가면서 서서히 어머님처럼 살고 싶어졌기 때문인데, 이제는 어머님처럼 살았다고 말하고 싶습니다. 감히 그렇게 내 삶을 스스로 애써 채색하고 있는 것입니다. 그런데 아무리 해도 내가 바라는 색이 드러나지 않습니다. 답답합니다. 여러 물감을 섞어 새 색깔을 만들어 끊임없이 내 삶을 개칠합니다. 꿈은 아버님 편이었지만 현실은 어머님 편이었다고 말하면 왜 내가 더 좋아한 아버님 편을 떠나

모과를 선물로 받는다면

어머님 편에 섰는지를 조금 설명할 수 있을 것 같지만, 이러한 분류 방식은 나를 거의 질식하도록 합니다. 아무튼 이에 대한 반응은 실은 내 몫은 아닙니다. 그렇다고 하는 것을 안다는 것이 때론 절망적이기조차 합니다. 그런데 내 삶은 긴 삶의 흐름 과정에서 나이를 먹을수록 자꾸 내 몫의 영역을 벗어납니다. 아니라고 하고 싶은데 그것이 현실입니다. 세월을 좇는다는 일이, 내게서는, 어느 틈에 그렇게 각인되었습니다.

살아간다는 것은 뜻밖에 길었습니다. 왜 짧다는 생각이 들지 않는지 잘 모르겠습니다. 지금도 그렇다고 생각합니다. 참 깁니다. 나는 오래 살고 싶지 않았습니다. 내가 내 삶을 책임진다는 일이 '말도 아닌 것'이라는 자학을 일상화하고 있던 것이라고 해도 좋습니다. 그런데 방금 말한 '책임'이라든지 '말도 안 된다'든지 '자학'이라든지 '일상화'라든지 하는 언어들이 갑자기 역겹습니다. 그렇게 발언하고 있는, 그러니까 그 발언을 낳은 내 삶의 경험을 그 언어들은 불완전해도 더 그럴 수 없을 만큼 모자라게 묘사하고 있기 때문입니다. 삶을 언어에 담으려는 것보다 더 어리석은 일이 또 있을까 싶은데, 그렇게 하지 않고는 그나마 담을 그릇이 그리 마땅치 않다는 것을 나는 넘어설 수 없습니다. '삶은 몸의 짓인데~'라고 탄식할 뿐입니다. 겨우 발언한다면 이렇게 하는 것이 훨씬 편합니다. '배고팠어요. 추웠어요. 아팠어요.' 다음에 이어진 당연한 귀결은 분명합니다. '죽고 싶었어요.' 몸이 겪는 일은 몸을 버리면 없는 일이 됩니다. 몸의 발언은 늘 이렇습니다. 우리는 너무 많이 그리고 자주 우리의 몸을 살면서도 몸을 지나칩니다. 그것은 꿈이 아니라 사치라고 나는 말합니다.

살면서, 그러니까 몸의 지속을 시간 속에서 확인하면서, 늘 배고프고 춥고 아프기만 했던 것은 아닙니다. 좋기도 했고, 그래서 웃기조차 했습니다. 그러나 몸의 조건과 분리된 그런 것은 내게 불가능했고 비현실적이었습니다. 지금도 그렇습니다. 미워하기도 했고 분노도 했습니다. 그런데 이러한 것도 몸의 현실과 단절된 적은 한 번도 없다고 말하고 싶습니다. 두려움도 속수무책감도 다르지 않습니다. 나는 삶의 과정이 이른바 정신적인 것이라든지 영적인 것이라든지 하는 주장과 만나면 그의 삶의 경험이 나와 어쩌면 이렇게도 이질적일 수 있을까 갸우뚱해집니다. 너도 나도 몸의 현실을 살아가는 건데.

그럼에도 불구하고 '다른 사람'이 있는 것만은 분명합니다. 이렇게 말할 수밖에 없는 것은 내게 참 부러운 사람이 많았기 때문입니다. 이른바 청장년 때 늘 그랬는데, 지금은 더 그렇습니다. 몸과는 아무런 이어짐 없이, 몸을 넘어, 몸을 없는 듯 여기면서 사는 사람들이 있습니다. 내게 훌륭했던 분, 내게 인간적이었던 분, 내게 꿈과 내일을 보여 준 분, 그리고 참 많은 좋은 분들이 내게 그런 다른 사람들이었습니다. 부러운 사람들이 있다는 사실이 내게 얼마나 압도적인 거였는지 나는 그렇다고 하는 사실이 내 열등감조차 충동하지 못하면서도 내게 늘 있는 '정서'였다고 실토하고 싶습니다. 그 정서를 벗으면 이미 내가 아니었습니다. 그런데 나를 스스로 슬프

모과를 선물로 받는다면

게 하는 것은 그 부러움을 감춰야 한다는 강박관념에 늘 쫓겼다는 사실입니다. 가리고 숨기고 덮어야 할 것이 얼마나 많았는지. 지금도 그렇습니다. 그렇다면 그 부러움은 나를 슬프게 하는 것도 아니고 강박관념을 일게 하는 것일 수도 없어야 했습니다. 그런데도 그렇게 기술하지 않아도 되는 다른 묘사를 찾아낼 수 없습니다. 그래서 이제는 오히려 부러움에의 침잠 속에서 내가 살아왔다고 하는 것이 실은 나를 편하게 한 것이라고 스스로 나를 다독거린다고 말하고 싶어집니다. 닿을 길 없는 것에 이르려는 어리석음을 범하지는 않았어도 되었다는 자위일지도 모릅니다. 그런데 나는 그렇게 스스로 위로하며 살아왔고, 그렇게 살고 싶습니다. 적어도 내 몸이 더 이상 있지 않을 때까지는 그렇게 나는 이어질 것입니다.

그런데 이렇게 말하는 것은 실은 정직하지 않습니다. 나는 어느 틈에 부러운 사람들의 흉내를 내고 있었습니다. 그런데 이것은 정말이지 '나도 모르게 내가' 한 일입니다. 나이 먹음은 그렇게 자기를 속이는 것으로 누적됩니다. 그것이 또 다른 꿈의 실체인지도 모릅니다. 삶은 이러합니다.

지금 생각하면 학교를 다녔다는 것은 내가 범한 가장 지독한 사치였습니다. 나는 이를 위해 나 아닌 다른 사람들에게, 그것도 내 피붙이들에게 과불(過拂)을 짐 지웠기 때문입니다. 그 후유증은 지금도 가시지 않았습니다. 내게서, 그리고 그들에게서. 그런데 학교는 나를 욱죄는 틀 이상의 아무것도 내게 남겨진 흔적이 없는데도 나는 학교를 다녔다는 사실을 팔면서 그것으로 먹고살았습니다. 지금도 그 여진에 나를 실어 몸을 굴리면서 살아갑니다.

앎에의 탐구, 그 알쏭달쏭한 실체는 그때나 이제나 내게 지워진 천형(天刑)입니다. 왜 나는 물어야 하나? 왜 나는 소박한 승인과 수용을 살지 못하나? 왜 나는 그 많은 훌륭한 분들에게 옳고 그름을 판단하는 이름의 잣대를 들이대야 하나? 왜 나는 젊은이들에게 이렇게도 앎을 빙자한 권위를 휘둘러야 하나? 반응과 상관없이 나는 왜 그렇게 해야 한다고 자신하는가? 내심 인류의 지성사는 한 발도 앞으로 나아가지 않았다고 단언하고 싶은데, 그것은 천박하고 무지한 발언이라는 비난이 폭포처럼 내게 쏟아질 거라는 것을 나는 압니다. 내 학문함의 세월이 나를 그리 어리석은 소박함 속에 가둬 둘 까닭이 없습니다. 나는 내가 익힌 '학문의 기교'로 인류의 지성사는 경탄스럽다고 말할 것입니다. 그렇게 발언해 왔습니다. 다만 나는 그 경탄의 내용을 결코 서술하지 않음으로서 내 정직성을 유지한다고 스스로 나에게 설득하고 있을 뿐입니다. 학문은 나를 충분히 간교하도록 지었습니다. 혹 누가 은밀히 물으면 나는 내가 불가피하게 참 사치스러웠다는 사실을 가늘고 낮은 소리로 발언할 터이지만 그것을 들어 줄 만한 '좋은 사람'들은 이미 좋은 사람이 아니라는 사실을 나는 압니다. 나는 좋은 사람을 만나고 싶습니다. 이것도 꿈입니다.

나이를 먹어 사랑을 했습니다. 몸이 자랐기 때문입니다. 마음이 자란 탓인지도 모릅니다. 몸 없이 어떻게 사랑을 하나? 나는 그렇게 단언합니다. 마음 없이 어떻게 사랑을 하나? 나는 그렇게 단언하기도 합니다. 남자만으로는 모자란다고 내 남자가 스스로 절규하는데, 내 마음만으로는 내가 모자란다고 내 마음이 소리치는데, 어떻게 사랑을 하지 않을 수 있습니까? 라고 나는 말합니다. 그런데 여자를 정말 만났을 때, 몸도 마음도 넘어서는 전율을 사랑이라고 하고 싶어졌었습니다. 그 전율이 몸의 현실이 설명할 수 없는 몸의 현실을, 마음의 현실이 설명할 수 없는 마음의 현실을 담고 있다는 역설을 나는 처음으로 겪었다고 하는 것이 더 정확한 기술일는지도 모르겠습니다. 그렇게 말해도 좋을 듯합니다. 나는 이를 몸의 퇴거와 몸의 새로운 내재(內在), 마음의 퇴거와 마음의 새로운 내재라고 할 수 있을지 모르겠는데 이런 언표는 그때의 일이 아니라 지금의 일입니다. 그리고 결혼을 하고 자식을 낳았습니다.

지극히 자연스러운 일인데 왜 나는 그만큼 부자연스럽게 남편이 되었고 애비가 되었던 것이라고 회상하는지 알 수가 없습니다. 그 삶의 마디가 잘 선명해지지 않습니다. 겨우 발언한다면 누구나 신비의 한복판에 빠지면 판단을 잃는다고 나는 이야기하고 싶습니다. 아니, 신비는 그 판단 부재의 상황에서 비로소 신비인 것이라고 말하고 싶어집니다. 그런데 더 나아가 그 신비는 언제나 나를 자기 밖으로 내치면서 여기 머물지 말고 어서 나가 여기에서의 경험을 증언하며 살라고 강요하는 알 수 없는 힘의 주체이기도 하다는 사실이 나를 신비스러운 불안에 떨게 한다고 하는 사실도 내처 말하고 싶습니다. 그렇게 나는 신비에 쫓겨 내 삶을 서둘렀습니다. 삶이 신비를 좇는 것은 아닙니다. 참으로 '아니다!' 라고 나는 단단히 힘주어 말합니다.

그렇다고 하는 사실을 내가 마침내 이야기할 수 있게 되었을 때, 그래서 드디어 내게서 발언되었을 때, 그 내 이야기를 듣고 있는 것이 내가 낳은 생명, 내 자식들이라는 사실을 나는 발견합니다. 전혀 예측하지 못한 일입니다. 그것은 짐작 못한 놀라움입니다. 두려움이기도 하고 환희이기도 합니다. 애써 가렸던 것의 절망스러운 노출이기도 하고, 이제야 드디어 스스로 가두어 두었던 울안을 벗어나 획득한 자유의 처음 호흡이기도 합니다. 그러면서 나는 그 이야기를 자식들과 더불어 이야기하려고 하지만 그렇게 하지 않습니다. 나는 나도 모르게 닫히는 커다란 벽을 밀어내지 못합니다. 그러다가 서서히 일그러지는 몸의 쇠잔함과 '버텨온' 내 실존의 뚜렷한 기울음의 낌새를 확인했습니다. 낡은 것입니다. 이렇게 삶이 흘렀습니다. 그리고 이제는 사람들이 나를 늙은이라고 부릅니다. 나도 그렇게 나를 알고 있습니다.

몸의 회복 불가능한 퇴행 과정에의 들어섬, 나이 먹음은 이러합니다. 몸의 준거를 배제한 노년의 묘사는 거짓입니다. 그러므로 노년을 일컫는 이러한 묘사는 참입니다. 세월의 흐름에 실려 떠가면서 햇볕에 의해 퇴색하지 않는 것이 어디 있겠습니까? 몸의 현실이 삶인데 몸의 퇴행을 승인하지 않는 어리석음을 범할 까닭이 어디 있겠습니까? 그렇다면 우리가 그리도 일컫는 초월이란 어쩌면 퇴행에의 저항을 개념화한 슬픈 언어일지도 모릅니다. 그것은 마지막 자기의 자존(自尊)을 지키려는 몸의 도로(徒勞)라고 말하고 싶기도 합니다. 하지만 그 초월이 몸의 현실에서 비롯하여 구체화되는 것이

모과를 선물로 받는다면

라는 사실을 부정할 수는 없습니다. 그래서 그것이 몸의 발언이라는 사실을 승인한다면 그것은 도로이기 보다 몸이 애써 가꿔 결실한 '누려야 할 실재'일지도 모릅니다. 그렇게 하지 않으면 몸의 퇴행이 짓는 그늘을 어떻게 견디겠습니까? 삶은 어차피 꿈인 것인데.

그런데 못내 불만스럽습니다. 세월은 흐르지 않습니다. 아니, 세월은 흐르지만 삶은 흐르지 않는다고 말하고 싶어집니다. 삶은 차근차근 쌓입니다. 늙음은 제법 솟아오른 퇴적입니다. 그것은 집적된 덩어리입니다. 마음만 있다면 길이가 길지 않아도 좋습니다. 자그만 탐침(探針)만 마련한다면 쪼그리고 앉아 하루 종일 나는 내 몸의 현실이 거쳐 온 온갖 작은 조각들조차 내 지층에서 파낼 수 있습니다. 파 들어가면 내 탐침은 내 출생과 만나고, 내 지난 어느 날의 구름과 그림자를 만나고, 지금은 쉰이 넘은 자식들의 출생을, 그 순간의 그 아이의 울음을 만나고, 왜 기억나는지 모를 찌그러진 맥주캔을 만납니다. 맏상제의 태어남, 흩어지는 구름과 그림자를 짓던 햇빛, 아가의 울음, 버려진 깡통…… 그런데 문득 그 숱한 흔적들의 내일이 거기 탐침 끝에서 묻어납니다. 그 잔 흙들이 못내 내 발굴을 더디게 합니다. 나는 어느 틈에 먼산바라기가 되었다고들 말합니다. 내가 그때 맏상제와 구름과 울음과 깡통과 더불어 어제의 만남을 이야기하고 내일의 어울림을 이야기하고 있다는 것을 아무도 짐작하지 않습니다. 지층의 탐사가 나를 퇴적의 저변에 묻는 것만이 아니라 하늘 위로 날아오르게 한다는 것을 나는 어떻게 해야 실감 있게 전할 수 있을지 애써 보지만 나는 이미 철저하게 간과되고 있다는 것을 압니다. 늙음은, 내게는, 곧 사라질 몸의 징후인 것이니까요. 그리고 나는 곧 없어질 존재이니까요, 다른 사람에게는.

病

손자가 배가 아프다고 했습니다. 나는 그 녀석 배를 쓰다듬어 주면서 곧 나을 거라고 했습니다. 시간이 한 뼘도 지나지 않았는데 이제는 괜찮다고 일어선 녀석이 말했습니다. '할아버지, 이런 일만 없으면 참 좋은데!' 나는 '이제 아무 일도 없을 거야!' 하고 말했지만 이것은 내가 내 손자에게 한 최초의, 그리고 가장 '정직한 거짓말'입니다. 이보다 더 완벽한 거짓말은 없을 것이기 때문입니다. 몸을 가진 인간이 안 아프기를 바란다면 그것은 망발입니다. 여러 사람 욕보이는 일입니다.

몸은 불완전합니다. 몸이 있어 더불어 사는 사람살이의 구조도 온전하지 못합니다. 아주 많이 그렇습니다. 그래서 배가 고플 때부터, 그래서 허기져 하늘이 노랗게 빙글거릴 때부터, 나는 몸에 대한 신뢰를 모두 치워 버렸었습니다. 내 몸이 담겨 엉켜 있는 이른바 공동체에 대한 신뢰도 그렇게 말끔하게 지워 버렸었습니다. 적어도 몸이 병들어 아픈 것과 관련해서는 그렇습니다. 병드는 것은 병든 사람의 팔자소관인 것을 어찌 나라님 탓을 할 수 있을 것이겠습니까? 그런데 한 끼 밥을 든든하게 먹고 나면 온 세상이 달랐습니다. 내가 어려서 일을 하며 살았던 곳의 여전도사님은 때로 나를 불러 시장

모과를 선물로 받는다면

에서 장국밥을 사 주셨습니다. 지금 곰곰이 헤아려 보면 아마도 2년 동안에 그 일이 세 번쯤이었다고 생각되는데 나는 그분이 어머니처럼 나에게 늘 그렇게 해 주셨다고 되뇝니다. 고마움, 또는 염치없음은 먹기 전의 '상태'가 아닙니다. 그것은 당신의 국에서 고기 덩어리를 건져 모두 내 국그릇에 옮겨 주신 그 넉넉한 포만을 만족하고 나서야 겨우 내게서 돋은 먹은 후의 '현실'이었을 뿐입니다.

배가 부르면 세상이 제법 살 만했습니다. 몸에서 힘이 솟았습니다. 몸에 대한 자신감이 차고 넘쳤습니다. 그러면서 나는 가난은 병들게 하고, 병들면 가난하게 된다는 것을 터득했다고 하고 싶은데, 그 터득이 그리 어려운 일이 아닌 현실을 내가 살아가고 있다는 것이 그때는 왜 그리 부끄러웠는지 모릅니다. 그러나 가난과 질병의 이어짐만으로 몸의 아픔을 설명할 수 있었던 것은 아직 아픔을 아파하지 않은 때였습니다.

몸의 아픔은 절대적으로 몸의 짓입니다. 나는 문자 그대로 병드는 것이 싫고, 병들어 아픈 것이 두렵고, 병들어도 옴짝달싹하지 못하는 속수무책의 경우가 저주스럽습니다. 내 아픔도 그렇거니와 다른 사람의 몸의 아픔도 그렇습니다. 내 피붙이의 아픔은 정직하게 말하건대 더욱 그렇습니다. 하지만 나는 '인간의 질병'을 공유하며 아파할 만큼 선하지 않습니다. '그의 아픔'이 아프지 않은 것은 아니지만 그의 아픔을 아파하기보다 아예 질끈 눈을 감든가 고개를 돌려 하늘을 봅니다. 속은 찢어지는데 참여의 여지는 전혀 내게 현실적이지 않다고 하는 것을 저리게 겪었기 때문이라고 하고 싶은데 그렇게 직설적으로 말하기가 겁이 납니다. 무엇에 대한 두려움인지 모릅니다만. 아무튼 그의 몸과 나의 몸은 엄연히 다릅니다. 나는 앓는 이의 병상 옆에 서 있기보다는 티브이의 채널을 돌리듯이 그렇게 '타인의 질병'을 외면하는 것이 내게도 그에게도 정직한 것이 아닌가 하고 고민하기도 합니다. 참 힘든 고민이었습니다. 그 고민이 내게 어떤 행동을 하게 했는지는 아무리 살펴보아도 뚜렷하지 않습니다.

게다가 질병은 어떻게 해도 설명할 수가 없습니다. 의학적인 설명은 늘 넘칩니다. 그리고 더 친절해지고 있습니다. 원인과 처방은 날로 나아집니다. 예방의학에 이르면 그 친절은 기가 막힙니다. 일어날 아픈 일을 일어나지 않게 하여 아프지 않게 한다는 것이니까요. 그런데 아픈 사람의 아픔에 참여하려면 그런 설명이 아닌 설명이 마련되어야 합니다. 겪어 보니 그러합니다. 그 설명이 내게는 아무런 소용이 없었기 때문입니다. 그래서 힘이 듭니다. 아픈 이에의 참여는 그 아픔에 대한 '다른 설명'을 나에게, 또는 그에게, 해야 마땅한데 그것은 끝내 불가능한 의무로 내게 안깁니다. 이보다 괴로운 일이 있을 수 없습니다. 괴롭습니다. 거룩함으로 치장된 너그러운 '교언(巧言)'은 철철 넘칩니다. 그것을 빌려 발언 못 할 까닭도 없습니다. 그렇게 아픔에 참여할 수도 있고, 그래야 좋은 사람이 됩니다. 그런데 할 수 없는 일과의 직면은 나를 비겁하게 하고 도망치게 합니다. 살아가면서 나는 정말이지 늘 이런 일을 이렇게 겪어 왔다고 하고 싶습니다. 아픈 이에게서 아프게 도망치기. 그것만이 내가 할 수 있는 일의 전부입니다. 그래서 '산다는 것 다 꿈이지요' 하는 말이 차마 발설되기 어려운 경우가 바로 이 경우이기도 하다는 것도 이제는 실토하고 싶어집니다.

나 자신의 경우라면 나는 내 아픔에 아예 푹 빠져 버리는 용기를 발휘하고 싶습니다. 가끔 그랬었습니다. 용기는 때로 설명을 폐기해야 이루어지는 일이라는 것을 나는 몸의 아픔의 숙명적인 수용에서 비로소 승인하게 되었다는 것을 발언하고 싶기도 합니다. 그런데 피붙이나 사랑하는 사람의 아픔은 또 다릅니다. 그것은 함께 아파하고 싶은 '참여,' 그리고 그 아픔을 마주치기조차 두려워 '외면'하는 '아픔과는 다른 아픔'을 삼킬 수 있게 할 뿐인데, 나는 사랑에서의 경험처럼 이 경우에서도 몸과 마음의 현실을 넘어서는 아픔이 실재한다는 사실에 스스로 놀랍니다. 질병은 몸의 현실이면서도 몸의 현실에서 비롯하는 것으로만 설명할 수 없는 아픔을 겪게 하기 때문입니다.

그 흔한 창조의 완전성에 대한 서술에 공감하지 않을 까닭은 없습니다. 종국(終局)이 초래할 몸의 고통 없는 '나라'에 대한 동경에 감동하지 못할 까닭도 없습니다. 그런 이야기도 없다면 몸으로 인한 이 고통의 처절함이 말미암게 된 몸의 불완전성을 견딜 아무런 그루터기도 몸의 주체는 마련할 수 없었을 것이니까요. 그래서, 오죽 몸의 아픔이 심하면 초월의 간섭을 못 견디게 아쉬워했을까 하는데 생각이 이르면, 비록 그것이 나 같은 못된 사람에게 때로 교언으로 여겨진다 할지라도, 애가 탑니다. 가슴이 에이듯 아파집니다. 그런데 이러한 사실을 승인한다면 우리는 얼마나 몸의 오만을 벗어나

겸손할 수 있을지 하는 생각이 갑자기 들면서 몸은 앓아야만 할지도 모른다는 상상을 합니다. 너도 아프고, 나도 아프고, 우리 모두 아파 마땅하다는.

나는 참 자주, 그리고 정성을 다해, 또한 오랫동안, 치병을 위한 기도를 했었습니다. 나는 그러한 기도가 내 생애의 궤적에 상흔처럼 남아 있는 어떤 '충동'의 기억이라고 말하고 싶지 않습니다. 거의 일상이었으니까요. 참으로 주책없는 일반화라고 느껴지는데도 나는 그것이 나뿐만 아니라 사람 누구나의 일상이라고 믿고 있습니다. 그렇게 믿고 싶은 것입니다.

누구에게 한 기도냐고 물으면 나는 대답할 길이 없습니다. 앞서 지적했듯이 초월의 간섭을 요청하는 절규였을 뿐이라고 해야 옳은데, 이러한 진술이 소통을 이룰 까닭이 없습니다. 초월은 이미 더 다듬어질 수 없을 만큼 그것 자체가 엉켜있기 때문입니다. 폐기하기 전에는 그 엉킴을 풀 길이 없을지도 모릅니다. 그러니까 그 초월은 나를 넘어선 나에 대한 희구였다고 발언해도 할 말은 없어야 합니다. 그럼에도 분명히 말하고 싶은 것은 초월은 몸의 현실이 낳는 필연이라고 하는 사실입니다. 나는 그렇게 생각합니다. 우리는 꿈을 살아가는 존재니까요. 그러니까 초월을 논의하는 일과 그것의 실재를 승인하는 일은 다릅니다.

그 기도의 성취를 믿느냐는 물음도 내게 주어집니다. 이 물음 앞에서 나는 상당히 긴장합니다. 그랬었습니다. 왜냐하면 내 현실에 대한 직설적인 서술을 강요하는 것이기 때문입니다. 나는 몸의 아

모과를 선물로 받는다면

품이 '기도했으니까 아직 아프지만 곧 가셔질 거야'라고 대답하고 싶어집니다. 하지만 그렇게 답하지 못합니다. 얼마나 많은 우리의 발언이 발언 의도와는 다르게 발언되는지, 또는 되어야 하는지, 우리는 익히 경험하고 있지 않으냐고 항변하고 싶습니다.

아무튼 이런 대답을 나는 차마 하지 못합니다. 그렇게 하지 못했습니다. 사실이란 희구가 아니라는 사실을 나는 모르지 않습니다. 그것은 구체적이기 때문인데, 그것은 늘 희구를 배신하곤 한다는 사실도 압니다. 나는 내 온몸과 마음을 다해 땀을 쏟고 숨을 멈추면서 내 바람이 아픈 이의 몸속에서 구현되기를 바란 적이 있습니다. 그리고 나면 몸이 휘둘릴 정도로 힘이 빠졌습니다. 하지만 내 바람은 이루어지지 않았습니다. 죄의식과 자학이 내 기도를 뒤따랐었습니다. 결국 치유에의 기원은 그를 위한 것이 아니라 나를 위한 것이 지 않으냐는 자문(自問) 앞에서 나는 내 언어를 잃곤 했었습니다. 아픈 이를 위해 우리가 할 수 있는 일이 과연 있기나 한 것일까요?

그런데도 '너는 몸의 아픔과 만나면 또 기도를 할 거냐'고 묻습니다. 물음은 그 속성이 언제나 잔인합니다. 게다가 사람들은 남의 일에 의외로 잔인합니다. 학문이라는 이름으로 발언될 때면 더욱 그러합니다. 나는 내가 그 물음에 더 답변할 의무를 지니고 싶지 않다는 사실을 그 물음 주체가 짐작할 때까지 침묵할 것입니다. 그리고 그 침묵을 나는 치유를 위한 기도로 채울 것입니다. 때로 우리는 질병의 고통과 직면하면서 오직 기도할 수 있는 일밖에 아무것도 없다는 것, 기도할 수 있는 일이 아직 남아 있다는 사실을 체험하면서 마음이 놓이기도 한다는 사실을 독백처럼 발언할 것입니다. 나는 무릇 기도란 몸의 아픔과 이어진 것일 때 비로소 기도다워진다고 말하고 싶기도 합니다. '어려운 일'은 '불가능한 일'이 아닙니다. 그러므로 어려운 일에 직면하여 드리는 기도는 편의를 위한 게으른 떼쓰기와 다르지 않습니다. 하지만 불가능한 일과 마주하여 드리는 기도는 떼쓰기가 아닙니다. 오로지 기도일 뿐입니다.

질병은 그 아픔이 치유 불가능하다는 것을 기도를 통해 수용할 때 비로소 꿈의 범주 속에 수용됩니다. 되풀이 하는 말이지만 참으로 불가능한 현실이 아니면 우리는 기도하지 않습니다. 그런데 몸의 아픔은 아무것도 할 수 없다는 사실을 우리로 하여금 거듭거듭 확인하게 합니다. 그렇기 때문에 나는 거듭거듭 기도합니다. 그렇게 했습니다. 감히 말하건대 기도의 성취 여부를 묻는 것은 그가 질병 밖에 있기 때문입니다. 그 '밖의 자리'가 있을 수 있다는 사실을 부정하고 싶지는 않습니다. 하지만 어차피 아무것도 이루어질 수 없는 상태에서 할 수 있는 다만 유일한 몸짓이 기도라면 그것을 하지 않을 까닭은 없습니다. 질병은 내게, 우리에게 이러한 현실로 있습니다. 몸이 현존하는 언제 어디에서나 그렇습니다.

사랑하는 여인이 숨을 거두었을 때, 나는 내 기도의 성취를 확인했었습니다. 이제부터는 결코 몸의 아픔을 이 여인은 겪지 않으리라는 위로 때문이었습니다. 성취되지 않는 기도는 없습니다. 우리의 삶은 늘 꿈입니다.

모과를 선물로 받는다면

死

몸의 소멸은 아픔을 가시게 해 줍니다. 삶의 마디마디에 낀 그 온갖 사연들도 잠잠하게 해 줍니다. 그랬었습니다. 몸이 없으면 있는 게 없습니다. 남는 게 없다고 해도 좋습니다.

아낙네는 화장품을 아꼈습니다. 비싼 것은 감히 살 엄두도 못 냈습니다. 친구가 외국에 다녀왔다면서 사 준 크림을 그녀는 아끼고 아껴 썼습니다. 그러다 유효기간이 그만 지나 아직 반도 안 쓴 크림을 버릴 수밖에 없었는데, 그래도 울상을 한 채 화장대 위에 얹어 놓고 있었던 것을 남정네는 기억합니다. 아낙네가 세상을 떠나고 나서도 남정네는 그녀의 화장대를 치우지 못했습니다. 꽤 오랫동안. 그렇게 가을이 지나고 겨울이 지난 어느 봄날, 남정네는 검은 비닐봉지를 가지고 와 화장대에 있는 모든 화장품을 한꺼번에 쓸어 담아 쓰레기통에 버렸습니다. 아낙네의 몸의 사라짐이 이렇게 완성되었을 때, 남정네는 갑작스러운 고요를 느꼈습니다. 없음과 있음이 아울러 제각기 자기 자리를 벗어나 고요 안에서 스스로 자기를 지우고 있었던 것이었습니다.

그 고요가 아낙네를 어떻게 이어갔는지 알 길이 없습니다. 그러나 몸이 더는 아프지 않을 것임에 틀림없습니다. 그 고요가 남정네를 어떻게 이어갔는지는 그릴 수 있습니다. 그는 곧 그 고요에서 벗어나 소음의 현실 속에서 그의 삶을 이어갔습니다. 잊음은 상실의 흔적을 지워 갔습니다. 몸은 고요 속에 머물 수 없어 몸입니다. 몸은 언제나 새로운 오늘을 만나 새 삶을 빚습니다. 다시 죽음의 고요 속에 자신이 주인공이 되어 스스로 침묵의 늪에 들어설 때까지는 그렇습니다. 그렇다고 남정네는 스스로 다짐했습니다. 그런데 그 과정은 이제는 없는 아낙네와 더불어 있었던 소음의 세계와는 다릅니다. 고요의 경험은 남정네로 하여금 '더불어 있었던' 세월에서는 꿈도 꾸지 못한 삶을 스스로 숨 쉬게 했습니다.

죽음은 사건이 아닙니다. 그것은 일상입니다. 몸의 현실에서 죽음처럼 당연한 '자연스러운 자연'이란 없습니다. 죽음은 언제 어디서나 누구에게나 있는 몸의 몸다움이 초래하는 자연스러운 몸의 현실입니다. 그렇게 총체적이고, 그렇게 완결적이고, 그처럼 절대적인 현상이 다시 어찌 몸에서 일 수가 있겠습니까? 몸은 언제나 삐거덕거리지만 죽음에서만은 조금도 모자람이 없이 죽음을 구현합니다. 그런데 그 일상이 사람들에게 사건이 됩니다. 마치 그 남정네의 경우처럼.

사람들은 죽음을 수습(收拾)합니다. 사건으로 만드는 것이라고 해도 좋습니다. 망자가 각별하게 비일상적으로 다루어집니다. 하지만 실은 모든 사건에서 그렇듯이 망자는 치밀하고 정교한 '절차'에 의해 '치워'지는 것이지 '모셔'지는 것은 아닙니다. 수습해야 하는 일은 살아 있는 사람들의 살아 있는 사람들을 위한 처치(處置)입니다. 흥미로운 것은 치우면서도 모신다는 기술을 하고 있다는 사실입니다. 까닭은 어쩌면 너무 분명합니다. 일상을 사건화하고 있는 것입니다. 상상도 못 한, 결코 일어날 수 없는, 그런 일이 일어난 것이라

모과를 선물로 받는다면

고 해야 하기 때문입니다. 한데 이를 드러내지 않으려 합니다. 자연인 줄 아는데 아니라고 하고 싶기 때문입니다. 가끔, 아니면 흔히, 우리는 늘 승인하고 싶지 않은 일을 만나면 속고 속이고 스스로 속으면서 아무것도 모른다는 말로 이를 가릴 때가 있습니다. 죽음 의례에서 우리는 어쩌면 그렇다고 하는 사실이 극화(劇化)된 현실과 만나는지도 모릅니다.

까닭인즉 다른 것이 아닙니다. 실은 기다린 사건이기 때문입니다. 사건이기를 바란 자연에의 기대가 실현된 것이었기 때문이라고 해도 좋습니다. 우리는 얼마나 남몰래 현존하는 것의 소멸을 희구하듯 기다리는지요. 늙음의 귀결이 소멸이라는 사실을 얼마나 짐을 벗듯 승인하는지요. 그래서 죽음을 불안해하지만 죽음 부재는 상상하는 것조차 두려워합니다. 이와 아울러 죽음과 직면하면 자기의 경우도 어른거립니다. 치워짐과 모심의 갈등의 한복판에 자신이 서리라는 예상은 일상을 사건화하는 죽음 의례의 구조를 극화(劇化)하는 일에서 사람들을 경건하도록 몰아갑니다.

일상을 사건화하는 일은 삶의 일상을 파열(破裂)하는 것과 다르지 않습니다. 일상이 깨지는 것입니다. 사건을 일상화할 수도 있습니다. 그러나 이 경우에는 최소한 사건이 야기할 일상의 깨짐을 예방하여 일상의 질서를 유지하려는 경각심의 발현이라고 할 수 있을 만한 의미 부여가 가능합니다. 하지만 일상의 사건화는 다릅니다. 지극히 당연하게 있어 온 일, 있을 일, 누구나 겪을 일을 마치 꿈도 꾸지 못한 난데없는 없어야 할 일, 없었던 일이 발생한 것처럼 호들갑을 떠는 일은 정상을 일탈하는 일인데도 그렇게 해야 하고, 그래야 비로소 사건이 된 일상이 정상화됩니다. 그런데 따지고 보면 그것은 바른 인식도, 성숙한 정서도, 고상한 지향도 아닙니다. 건강한 모습일 수 없습니다. 억지를 억지로 억지 아니라고 하는 것과 다르지 않기 때문입니다. 그러므로 소박함을 넘어서는 죽음 의례의 화려함은 일상의 처참한 붕괴와 비례합니다. 늘 어디서나 누구의 경우도 그랬습니다. 죽음의 정치적 의례화에서 우리는 종종 그렇다고 하는 것을 조금도 어렵지 않게 확인합니다. 죽음은 정치의 도구이기를 그만둔 적이 없습니다. 나는 이를 의도적으로 힘주어 발언하고 있습니다. 거듭 '사실이 그러니까요'라는 말도 곁들이고 싶습니다.

죽고 싶었었습니다. '춥고 배고팠기 때문'이었다고 말하고 싶었는데, 이윽고 나는 '자존심이 상해서'라고 말하고 있었습니다. 그러다 죽고 싶었다는 생각을 잊어가기 즈음에도 때로 그런 생각이 문득 들곤 했는데, 그때는 '행복하기 때문'이라고 말하고 있었습니다. 그리고 지금은 누가 무어라 해도 죽음은 내 매일 아침, 아니면 매일 저녁의 현실이어서 죽음을 희구나 두려움이나 초조의 맥락에서 운위한다는 것이 근원적으로 현실성을 갖지 않는다고 말합니다. 죽음은 그대로 내 삶의 현실입니다. 그러니 나는 죽음을 살고 있다고 말합니다. 그렇게밖에 내가 지금 내 죽음을 달리 표현할 길이 없습니다. 실은 지금만이 아닙니다. 삶이 늘 그렇습니다. 지금 그것이 더 짙게 내게 채색되었을 뿐입니다.

그러나 이러한 생각이 얼마나 철없는 나만의 울안에서 이루어지는 독백인지도 모르지 않습니다. 세월호에 탔던 아이들을 생각하면

모과를 선물로 받는다면

설명할 수 없는 분노와 절망, 그리고 나도 모르는 자학이 내 속에서 가라앉지 않습니다. 몸에 폭약을 두르고 시민들 한복판에서 자신을 터트리는 사람과 그 일로 죽는 사람들, 그리고 며칠 전 우리 동네 길거리에서 교통사고로 숨진 배달 청년의 일이 지워지지 않습니다. 언제, 어떻게, 왜 '흐름의 마디를 건너뛴 사건'으로서의 죽음, 일상이기를 거부한 죽음을 우리는 살아야 하는지 정말이지 알 수가 없습니다. '바르게, 정직하게, 누구나 서로 아껴 주면서 잘 살았으면 그런 일이 없었을 터인데⋯⋯'라고 하는 말이 내포한 온갖 사유(事由)의 설명이 넘칩니다. 그런데 그것이 누구를, 무엇을, 어떻게 위로해 줄 수 있을는지요. 그럴 수 있는 힘이 과연 그 설명에 담길 수 있을는지요. '똑똑한 사람'들의 자기 정당화의 구실로 작동하는 것 말고는. 그 소용돌이 속에서 신비스러운 의도를 확인해야 한다는 말의 성찬에서라도 무슨 출구가 있기를 바라는 것은 내 못난 또 다른 사치일는지요. 너무 많은 것을 과불하는.

하지만 여전히 죽음은 내 죽음을 내가 어떻게 사느냐 하는 문제로 귀결됩니다. 그렇다고 말하고 싶습니다. 그것은 내 몸의 현실이니까요.

아우가 전화를 했습니다. 아무래도 치료가 불가능한 것 같다고 말했습니다. 나는 달려가 아우를 만났습니다. '얼마 남은 것 같지 않아요'라고 그가 말했습니다. 나는 '그래. 그렇구나'라고 말했습니다. 늦기 전에 사람들과 만나 풀지 못한 것들 모두 다듬고 싶다고 했습니다. '그래. 그래야겠지'라고 나는 말했습니다. 크리스마스 날 나는 아우가 다니는 교회에 가서 아우와 나란히 앉아 예배를 보았습니다. 아우가 눈물을 훔쳤습니다. 새해, 첫 주말, 아우는 자기가 차를 몰고 병원에 들어갔습니다. 그러기 전에 나는 아우와 영정 사진을 사진첩에서 골랐습니다. '웃는 얼굴로 하고 싶어요'라고 그가 말했습니다. 우리는 등산 사진에서 그의 환한 얼굴을 찾았습니다. 외국에 있는 두 아들이 왔을 때는 통증완화센터에 있었습니다. 내게 '주 날개 밑, 내가 편히 거하네'라는 찬송가를 불러 달라고 했을 때는 이미 섬망(譫妄) 현상이 가끔 나타날 때였습니다. 나는 그 찬송을 부르다가 나도 모르게 흐느끼기 시작했습니다. 아우가 간신히 눈을 떴습니다. 그리고 말했습니다. '고마워요. 아버지 노릇 대신 해 주셔서요'라고. 그리고 말을 이었습니다. '참 행복했어요. 우리가 이쯤 살아온 게요. 감사해요. 모두에게.' 의사가 계수에게 인공 영양제 공급을 중단하는 게 좋겠다고 말했습니다. 본인에게 이 말을 전했습니다. 아우가 손가락으로 오케이 표현을 했습니다. 웃음이 얼굴 전체에 흘렀습니다. 그리고 20시간 뒤 아우는 잠들듯이 떠났습니다. 2월 1일 새벽 2시 17분이었습니다. 다음 다음 날, 아우는 한 줌 재가 되어 어머님 옆에 묻혔습니다.

나는 내 죽음 다음에 아무런 흔적도 없이 사라지신 아버님을 뵐 겁니다. '당신은 몸을 어디다 두고 언제 여기에 오셨습니까?' 하고 여쭈어 보고 싶지만, 저리게도 여쭙고 싶은 물음이지만, 아마 나는 그 물음을 묻지 않을지도 모릅니다. 아니 못할 겁니다. 어머님도, 큰누님도, 아우도 만날 겁니다. 사랑한 여인도 만날 겁니다. 하지만 내가 다른 사람들, 그러니까 내 피붙이나 친구나 사랑하는 사람들을 그곳에서 기다릴지는, 글쎄, 잘 모르겠습니다. 내가 그곳에서 만나고 싶은 이들을 만나리라는 꿈 이외의 죽음 이후는 내게 사치입니다.

내가 의도하지 않은 나의 출생으로부터 비롯하여 내 삶이 이리도 길게 흐른다는 사실, 흘러왔다는 사실, 그런데 내가 내 삶의 주인이기를 선언하고 사는 일이 거의 불가능한 채, 그래도 그렇게 주인 노릇을 하는 양 내 삶을 이어왔다는 사실, 나는 설명할 수 있는 것 하나 없는 삶을 설명하려는 도로로 점철된 내 삶을 때로는 측은해하지만, 그렇게 설명할 수 없는 삶의 생로병사를 이처럼 서술하면서 승인하고 있다는 사실, 그러니까 실은 모호한 감사 안에 머물러 왔다는 사실, 그래서 이제도 감사하고 싶다는 사실, 아니 감사하고 있다는 사실을 그저 스스로 확인하는 나를 고맙게 생각한다고 말하고 싶습니다.

이것이 내 죽음을 맞으면서 내가 할 수 있는 마지막 발언이었으면 좋겠습니다. 내 몸의 마지막이 그랬으면 좋겠습니다. 나는 그 꿈을 살고 싶습니다. 아니, 살고 있다고 말하고 싶습니다. 아니면, 아예 살아왔었다고 말하고 싶습니다.

내가 종교문화에 대한 관심에서 벗어나지 못한 것은 어쩌면 이 꿈 때문인지도 모릅니다. 아마도 그럴 것입니다. 이 고마운 꿈 때문에.

이상일

떠나가는 사람들 1

내 나이 '망(望) 90'을 바라보게 되면서 내 곁을 떠나간 그리운 모습들을 그리게 되는 인지상정을 절감하게 된다. 지나고 보면 과거는 모두 아름답다. 특히 사람에 엮인 지난 날의 이야기들은 다 아름답다.

내 신상에서 떠나가는 사람들 첫 체험을 겪게 한 첫 인연은 조카아이였다. 그의 아버지가 서울에서 교편을 잡게 되어 얼마 동안 친정 통영에 맡겨진 근혜는 나의 한 살 아래 터울지는 어린 동무였다. 지금 네 기억에 남아 있는 미취학녀 근혜는 사근사근하고 말 잘 소통되는 천사의 모습이다.

내 교우 세계에 계집애가 끼어든 첫 번째가 그렇게 빛나는 동자상(童子像)이었던 것은 거칠고 가난한 바닷가 농촌 지역의 하릴없는 무직자 집안의 막내 3형제에게 주어진 계집애 조카 동무가 처음 보살펴 주어야 할 상대였던 까닭도 있었을 것이다. 한 살 두 살 터울인 우리 3형제 가운데 내가 유독 근혜와 친했던 것은 우리만의 비밀이 있었기 때문이었다. 우리는 커튼이 쳐진 시골집 창가에 숨어 불량 소년 소녀의 흉내를 내며 내 생애 처음으로 담배에 불을 붙여 보았고 담배 맛이 얼마나 씁쓸하고 고약한 맛인지 둘이 서로 절대적으로 공감하였다. 왜 하필 담배 체험이었을까. 어린아이들이었으니까 성추행 같은 짓거리야 없었겠지만 지금 같은 회상의 그림자 가운데는 천진스런 입맞춤 같은 것조차 없었다고 못 할 텐데 너무 어려서 그런 의식조차 없었기 때문이었을까.

입학 적령기가 무엇인지도 모르는 시골 어른들 탓으로 늦으막에 내가 막 초등학교인 충렬국민학교 1학년으로 다니기 시작했으니까 유치원 시스템도 없는 시골에서 어떻게 글을 깨쳤는지 우리 둘은 커튼 동굴에서 얼음 공주의 이야기를 들려주고 듣곤 했다. 아마도 그런 이야기는 우리 둘만의 상상력 탓이었을 것이다. 겨울 햇살 도타운 어느 따뜻한 오후쯤의 삽화로 우리는 꿈을 꾸었던 것이다. 우리가 이야기했던 상상의 얼음 공주는 바로 근혜의 모습이었고 그 그림에는 왕자나 영웅이 없었던 것으로 봐서 나는 아무런 역할도 없었던 것이 확실하다.

근혜와의 작별은 너무나 급격히 무리하게 이루어졌다. 내가 학교에서 돌아오자 온 집 안이 비어 있었다. 근혜의 아버지, 그러니까 내 큰형 백씨(伯氏─그런 표현이 가당키나 한 것인지)가 서울에서 내려와 근혜를 데려갔다는 것이다. 근혜가 적령기가 되어 아버지가 근무하는 서울로 가족들이 솔거하여 이사하면서 시골에 떼어 놓았던 외동딸 거두어 가는데 철없는 미취학 학동의 정서나 감정이야 생각이나

144   모과를 선물로 받는다면

했을까.

　나는 알은체도 하지 않고 떠나 버린 조카를 어린 마음에 원망했을 것이고 어린 근혜보다 아이들의 동심을 헤아리지 못한 어른들의 무정을 탓했어야 했다.

　나는 근혜를 잊어버렸다. 조카 하나쯤은 있으나마나였다. 그러나 가슴 깊은 바닥에는 의미도 모르는 잠재적인 여성에 의한 배신이나 배반에 대한 분노의 작은 푸른 불꽃이 당겨져서 그 뒤 내 긴 생애 가운데 특히 여인에 의한 배신이나 배반에 대한 분노의 정감이 불꽃을 지피려할 때면 성급한 속단을 유예(猶豫)시키고 들끓는 판단을 정화시키는 계기가 되었다.

　그가 서울로 간 지 한 학기가 채 못 되어 나는 근혜가 보낸 『얼음 공주』라는 만화책을 받았다. 얼음 공주는 마음 따뜻한 북쪽 나라 공주였다. 잠시 남쪽 나라에 넘어왔다가 정들어 살 만해졌을 때 다시 북쪽의 궁정으로 돌아가야 했던 그녀는 해가 떠오르는 아침이 되면 창문을 열고 남쪽 나라를 바라보았고 얼음이 녹으며 얼음 공주는 조금씩 조금씩 작아져 갔다. 그리고 마침내 어느 날 아침 다시는 얼음 공주는 남쪽 나라를 바라보는 창문을 열 줄 몰랐다.

　그렇게 얼음 공주처럼 근혜의 소식은 내 주변에서 사라졌다. 그런 것이 죽음인 줄을 알 까닭이 없었던 어린 나는 비로소 조금씩 조금씩 사라져 가는 것에서 죽음을, 임종을, 그리고 작별을 배우게 되었던 것이다.

떠나가는 사람들 2

망(望) 90이 되면 주변에 떠나간 사람들이 많아진다. 어른들이야 당연히 먼저 떠나가시지만 친구들 – 소꿉동무들이나 고교 동창, 대학 동기들 명단 가운데도 빈자리가 많아진다.

일찍 고향을 떠나서 초등학교 동창들은 거의 없지만 서울에서 주기적으로 만나는 고교 동창들이나 대학 동기들, 이런 일 저런 일로 만나던 그룹별 친구들도 꽤 많이 떠나갔다. 나이가 있어서 그렇겠지만 최근 들어서는 뭉텅뭉텅 머리카락 빠지듯 빈자리가 많아진다. 연도에 따라서 1, 2년 사이야 말할 나위도 없고 여름 지나 다르고 겨울 지나 달라진다. 그러니 이제는 떠나간 친구가 누군지 누가 살아 있는지 종잡지 못할 때가 종종 있다. 친하기로는 대학 시절 신생숙이라는 이념 단체 합숙 생활로 가까웠던 동지 같은 친구들은 영원히 곁에 있을 수 있다고 믿었지만 이 몇 년 사이 급격히 줄다가 이제는 손꼽을 정도만 남게 되었고 누가 먼저 떠나갈는지 누구도

모과를 선물로 받는다면

알 길이 없다.

먼저 가는 놈이 형님이라는 우스개도 이제는 하나도 우습지 않다.

영구는 대학 독문학과에 진학하면서 새로 사귄 친구였다. 작달막한 체구에 함부로 말하는 성격 탓으로 기다랗고 맺힌 데 없는 나하고는 외모부터 어긋지는 그만큼 가까워질 동질감이 없어 보였지만 나는 늘 그의 호의 가운데 대학 생활을 해 나갔다. 서울 수복 후 힘든 자취 생활에서 끼니를 굶을 때 그의 하숙집 밥상은 나의 밥상과 다름없었다. 그가 수집한 독일어 문헌과 참고 자료들은 나의 귀중한 세컨드 핸드 교재였다. 그러니까 과내 학생 행정은 그가 선행할 만도 했는데 그는 한걸음 뒤로 처지고 정신을 차려 보면 내가 앞장서 있었다. 내가 과대표 노릇을 하고 당시의 문리대『문학』창간 동인 주도를 했을 때도 그는 뒤에서 나를 밀어 줄 뿐이었다.

서울대학 문리과대학 어문학과 소속 학생들은 대개가 문학 청년, 내지 문학 지망생들이었지만 그런 사실을 쑥스러워하며 자신의 비밀스러운 습작 활동이라든지 동인 활동 등은 되도록 숨긴 채 세속 생활에 대범한 척하는 한편, 재능이 있는 친구를 만나면 탈모하는 버릇이 있었다. 내가 진주 개천예술제에서 시 부문 장원을 했다는 경력을 알고 있었다는 사실은 그의 과내 교우 가운데 나보다 1년 먼저 개천예술제 장원을 했던 시인 송 아무개와 나를 한께 엮으려 했던 흔적이 있기 때문이다.

영구의 사회 활동은 나보다 훨씬 구체적이고 적극적이었다. 졸업 후 내가 부산으로 내려와 부산대학 대학원 철학과에 적을 두고『국제신보』기자 노릇을 하고 있었을 때 그는 성균관대학 강사직을 확보하고 있어서 머지않아 대학교수가 될 줄 알았다. 그런 그가 나를 서울로 불러 올려 성대 강사 자리를 마련해 주었다. 나는 다시 문리대 독문과 대학원으로 적을 올리고 성대 독문과 박인수 교수와 인연을 트는 가운데 요절한 전혜린 교수의 자리를 이어받았다. 그 자리는 만약 영구가 서울에 머물러 있었다면(병역 관계로 복잡하게 얽혀) 박 교수와의 인연으로 봐서 그의 차지가 되었을 것이다.

그는 나중에 부산 해양대학 교수가 되었지만 성대 교수 자리를 나에게 양보했다는 말을 입 밖에 내지 않을 정도로 자존심을 지켰고 나는 언제나 빚진 신세였다.

30대의 젊은 나이에 그는 깡소주로 다친 간경화증으로 세상을 떴다. 서울에서 나하고 만날 약속을 하고 기차 타러 나오는 길에 쓰러졌다는 급보를 받고 입원한 친구를 문병차 찾았을 때 그는 복수가 찬 배를 보여 주며 바로 일어날 거라고 장담했다. B형 간염으로 몇 년간 투병 생활을 해 본 경험으로 봐서 그렇게 쉽게 떠나갈 친구라고는 생각하지 못한 나는 역시 그를 믿거라 했던 모양이다.

영구의 장례식 기억은 전혀 없다. 나는 귀중한 학우를 잃어버렸는데 잃어버린 사실조차 모르고 살았다. 내가 한국독어독문학회 회장이 되고 사회 활동이 많아지면서 독문학계나 공연예술계에 별로 지인이 없던 나는 그가 떠나간 사실을 아쉬워할 줄도 몰랐다.

나의 시집 『서정무가(抒情巫歌)』에 실린 「임종」은 그의 병상(病床)을 메모한 것이다 ─

밤 별,

그 유성은 운명의 꽃이 될 수도 있었다.

목 놓아 울어도 닿을 길 없는 어둠의 커다란 도가니 속에서

촌보를 옮길 수 없던 태양의 궤도를 밟으며

권태에 지쳐 돌아올 수밖에 없었던 꿈을 실험한

유성은 정녕코 그 운명의 별이었을 것이다.

....

....

마침내 이루어질 길 없는 푸른 새벽의 기적을 믿으며

닭이 울어 줄 때까지 도무지 눈 감을 수 없는

너의 임종은

그런 임종이었을 것이다.

떠나가는 사람들 3

'망(望) 90'쯤 되면 혈연과 혈족에 대한 인연이 느슨해진다. 아버지 어머니 돌아가신 지 오래되었고 형제자매가 있어도 앞서거니 뒤서거니 해서 위계질서도 말이 아니다. 특히 우리나라처럼 혈족 의식이 강한 나라에서는 족보에 나타나는 할아버지/손자 관계가 뚜렷해서 느닷없이 보학(譜學)을 들이대며 경주 이씨 아무개 몇 대손을 따진다. 아저씨뻘이라며 말을 놓는, 하대(下待)의 버릇까지 살아 있으니 이 전통사회의 윤리는 '아흔 바라보기'의 늙은이도 새파란 구상유취(口尚乳臭)의 젊은 인척에게 족보의 위광에 눌리게 마련이다.

나는 시골 가난뱅이 가정의 6남매 중 중간 치기라서 아래위로 눌려서 자랐고 그만큼 집에서 뛰쳐나와도 별반 찾는 알뜰한 형제 우애도 없어서 한편 자유롭게 살았다고 말할 수도 있다. 원래 애교도 없고 어눌한 성격 탓으로 이웃 간에 살뜰한 정도 나누어 보지 못한 나는 나대로 돼먹지 않은 합리주의 사고만 키우며 컸다.

모과를 선물로 받는다면

큰형인 백씨는 나이로 치면 아버지뻘이고 교장 선생인지라 형제 자매의 우애를 현실적으로 실천할 정도로 자상하지를 못했다. 큰형도 어린 동생들 거느리고 학비 대어 주느라고 고생했을 텐데 그런 고생이야 형제로 태어난 당연한 도리라고 뻗대는 나의 합리주의 정신은 분명 이기적 합리주의의 표본이 아닐 수 없다.

내가 개천예술제에서 장원을 한 상금(고교 학생들에게 주는 상금 액수야 뻔할 테지만)을 친구들과 함께 시골 장터의 엿이나 아이스크림쯤 사 먹고 치운 사실을 뒤늦게 알고 몹시 못마땅해했던 큰형을 두고 나는 그 몇 푼 안 되는 그 돈이 뭐 그리 대단하다고 마음속으로 비웃었다. 교장과 고3 학생 사이에는 까닭 없는 갈등의 감정이 얽히게 마련이다.

나는 6·25사변으로 마산까지 피난 내려온 큰형의 은사들을 대하는 그의 태도 자체가 아부처럼 느껴져 못마땅했다. 그는 통영 바닥에 시어머니를 버려 두어 고생시켰다는 이유로 일찍 근혜 에미와 이혼하고 오래 홀애비 교장으로 사셨다. 명절이나 입학기가 되면 학부형이나 지인들이 보내는 생선이나 고기근이 집으로 배달되었는데 그런 선물꾸러미를 다시 그 집으로 돌려보내는 수고를 집에서 거절하지 못한 동생들 탓으로 돌리던 그의 합리주의 사고는 참 속좁은 교장 생리가 아니었을까.

그는 몇 안 되는 교육계의 뛰어난 명교장으로 당시의 매스컴에 이름이 오르기도 했지만 나에게는 그의 명망이라든지 권위라든지 위엄이 별것 아닌 것으로 비춰졌다. 그는 동생들의 등록금 마련이 힘들어 통영의 건멸치 장사에 손대었다가 기본 자산까지 날리고 드디어 자본주의 생리를 배우느라고 재일교포 형수를 데려오는 과정에 그의 이기적 합리주의가 결코 그의 인생철학이 아니었음이 드러난 것이다. 형수는 췌장암으로 말기에 이른 그를 일본으로 데려가 열녀 소리를 들었지만 시신을 모셔오는 과정에 밀수 소리가 난 것은 큰형 백씨의 불찰이 아닐 수 없었다—아니면 이미 고인이 된 그는 세속적인 계산에서 떠나 있었을지 모른다.

6남매 가운데 큰형과 둘째 형, 그리고 큰누나와 작은누나도 저세 상으로 떠나가 버리고 사촌 육촌 간의 혈족들 가운데서도 나보다 훨씬 어린 놈이 떠나간 경우도 많다.

대가족제도가 무너진 것은 우리 집안에서는 큰형이 유명을 달리 하면서부터였다. 개화했다고 시제도 없애고 부모 1대까지만 제사를 지낸 큰형은 일찍부터 제문을 한글로 풀어 읽었다. 자시(子時)도 지키지 않고 지금으로 말하면 추도식 형식으로 저녁을 함께하던 제사 형식도 큰형이 죽고 외아들은 미성년자라서 둘째 형이 집안 제사를 가져가고 둘째 형은 제사를 마산에서 지내는데 뿔뿔이 흩어진 동생들은 제사 참석이 어렵고 아들이 없는 둘째 형은 아들 하나 있는 셋째인 나를 믿거라 하고 제사를 넘겼다. 그런 제사 패턴은 집안 제사를 맡으면 관운에 좋다는 점쟁이 말에 넷째의 제사가 되고 아들이 없는 넷째는 기독교 신자인 사위 덕에 제사 자체를 몽땅 절에다 맡기는 식으로 이 2, 30년 사이 제사의 위계질서가 무너져 기독교식 추도식이 되기도 하고 절에 가서는 천도(薦度) 염불로 바뀌기도 하고 아예 '망 90' 세대에 이르러서는 제삿날을 잊어먹기도 한다.

혈족의 어른들 제삿날도 잊어먹을 정도가 되면 자기 떠나갈 세월도 잊게 될 것이다. 치매가 무섭다고 야단들이지만 잊어먹으면 당사자는 걱정할 거리가 없어지는 것 아닌가.

그런 편리한 합리주의 사고 방식으로 떠나간 사람들을 추억한다. 잊혀지지 않는 추억이란 없다는 것이 '망(望) 90'의 희미한 의식이다.

이익섭

八十曳

9 3세의 순정

진달래와 철쭉

팔십수(八十叟)

인문대 교수 휴게실에, 당시 학장이던 유평근 교수가 집안 어른인 서예가 일창(一滄) 유치웅(兪致雄) 옹의 글씨 한 폭을 구해 와서 걸었던 일이 있다. '자하헌(紫霞軒)'이라고, 우리가 그 휴게실의 별칭(別稱)으로 지어 불렀던 것을 아담한 글씨에 담은 조그만 액자였는데 그 낙관 자리에 '八十叟 兪致雄'이라 적혔던 것이 오래 기억에 남는다. 수(叟)라는 한자가 낯설었으나 어렴풋이 그것이 나이를 나타내는, 세(歲)나 수(壽)라고 할 것을 멋을 부려 쓰는 글자이거니 짐작하고, 팔십(八十)이라는 나이에 충격을 받았던 기억이 지금도 새롭다. 팔십에도 글씨를 쓴다고? 팔십에도 손이 떨리지 않고, 펜글씨도 아니고 붓글씨를 쓴다는 것이 상상이 잘 가지 않았던 것이다.

나중 찾아보니 수(叟)는 자하(紫霞) 신위(申緯)가 자주 썼다. 1843년에 쓴 한 대련(對聯)에, 또 같은 해 쓴 「동파영물이시(東坡詠物二詩)」라는 작품에 똑같이 '紫霞七十五叟'가 있는 것을 비롯해, 1837년에 쓴 천자문(千字文) 끝에는 '紫霞六十九叟書'가 있고, 그림에도 마찬가지로 1840년에 그린 석죽도(石竹圖)에 '紫霞七十二叟', 1847년에 그린 묵죽팔폭병(墨竹八幅屛)에 '紫霞七十九叟寫'가 있는 등 叟를 무척 즐겨 쓴 것을 볼 수 있다.

叟는 인터넷에서는 '어른 수'로 나오는데 단국대학교 동양학연구소에서 나온『한한대사전(漢韓大辭典)』을 찾아보면 '늙은이 수' '노인 수'로 나온다. 노인을 높여서 부르는 말이라는 설명도 있다. 그러니까 叟를 써서 나이를 밝히려면 적어도 환갑은 지나야 자격이 있겠고, 따라서 가령 칠십이수(七十二叟)라 하면 스스로 자기가 72세 된, 나이를 먹을 만큼 먹은 노인임을 밝히는, 일종의 자기 증명이라 할 수 있겠다.

추사(秋史) 김정희(金正喜)는 자주는 아니나 수(叟) 대신 과(果)를 쓴 것이 더러 보인다. 1856년, 그러니까 아주 만년에 쓴 대련에 칠십일과(七十一果)가 있다. 나이를 적는 대신 노(老)를 넣어 '노과(老果)'라 한 경우도 있다. 果가 다른 데에서도 이런 용법으로 쓰이는지 모르겠으나 이 경우의 果는 叟와 그 용법이 크게 다르지 않아 역시 나이가 많은 경우에나 쓸 수 있는 것으로 보인다.

여기서 눈에 띄는 것은 선인들이 스스로 노인임을 자처하기를 좋아했다는 점이다. 특히 서화 작품을 보면, 구체적으로 나이를 밝히는 경우 말고도 앞의 '노과(老果)'에서 보듯 '노(老)'자를 즐겨 썼다. 자하는 '자하노인(紫霞老人)'이라 하는가 하면 '자하(紫霞)'의 '하(霞)'만 떼어 '노하(老霞)' 또는 '노하거사(老霞居士)'라고 표현을 바꾸어 가면서까지 자기가 노인임을 열심히 밝힌다. 추사의 경우는 더 적극

모과를 선물로 받는다면

적이어서, 이때는 추사보다 '완당(阮堂)' 쪽을 써서, '완당노인(阮堂老人)' '노완(老阮)' 외에도 '완파노인(阮坡老人)'이라 하는가 하면 '승설노인(勝雪老人)' '승련노인(勝蓮老人)' 등 스스로 노인임을 밝히는 일에 온갖 지혜를 동원한 듯한 모습을 보인다.

왜 이토록 스스로 노인임을 열성적으로 밝히려 한 것일까? 내가 벌써 이렇게 늙었단 말인가 하는 자기 연민(憐憫)의 심정을 토로하고 싶어서였을까? 아니면 장유유서(長幼有序)의 시대였으니 '에헴' 하고 위엄(威嚴)이라도 부리고 싶었던 것일까? 하기는 환갑만 되어도 대단하게들 여겼던 때이니 환갑을 지나고도 한참을 더 살았다는 것이 특기(特記)할 만한 사항이기는 하였을 것이다. 더욱이 이 나이에 아직도 이런 작품 활동을 한다는 것이 스스로도 대견스러워 그걸 어떻게든 자랑하고 싶은 심정이 일었을 법도 하다.

그 심리를 헤아릴 길이 없으나 그 무엇이었든 이때의 나이는 우리에게 어떤 과시(誇示)의 효과를 주는 것만은 분명해 보인다. 위압(危壓)의 효과라고 하는 게 더 맞을지 모르겠다. 팔십수(八十叟)의 팔십(八十)은 나에게 확실히 하나의 과시요 위압이었다. 까마득히 높고 높아 감히 범접할 수 없는 위엄(義嚴)이 거기 있었다.

70이 까마득하게 쳐다보이던 때도 있었다. 퇴임하기 전 동료들과 설악산 대청봉을 넘는데 그때 어느 대학교 대학원장을 지내신 70세 선배분이 함께 갔다. 후배들에게 부담을 주지 않으려고 출발할 때도 조금 일찍 출발하고 빠르지는 않으나 꾸준히 참으로 성실히 걸었다. 그러면서 어떻든 뒤처지지 않고 우리들과 보조를 맞추었다. 그것이 얼마나 대단해 보였는지 돌아와 기회만 되면 주위에 70세

고령이 대청봉을 넘는 분이 있다고 탄복을 섞어 말하고, 그러면 듣는 사람도 따라서 탄복을 하곤 하였다.

그게 언제부터인가 80으로 넘어왔다. 내가 어느덧 70이 가까워지기 시작해서였을 것이다. 마침 우리 테니스 모임에 만 80세의 선수가 오는 일이 생겼다. 치과대학 학장을 지내셨던 선우양국 교수로 퇴임 전부터 자주 함께 시합에도 나가고 했던 분인데, 우리 모임에서 1년에 봄가을 두 번 초대를 했던 것이다. 그런데 워낙 체격이 좋으시고 또 테니스로 이름을 날리던 분이긴 하였으나 80 고령임에도 우리들에게 하나 밀리지 않고 왕년의 실력을 발휘하셨다. 그게 또 얼마나 놀랍던지 이번에는 또 우리 코트에 80이 된 분이 와 테니스를 친다는 얘기를 무슨 빅뉴스나 되듯 기회만 되면 떠들고 다녔다.

그 얼마 후 우리 모임에서도 80을 맞는 분이 나타났다. 그래서 모임에서 생일 선물로 테니스복 한 벌을 사 드리고 식당에서 파티를 하는 행사도 가졌다. 그러면서 앞으로 해당하는 사람이 나올 때마다 같은 방식으로 축하를 해 주자는 의견도 나왔다. "80세 생일 축하를 테니스 코트에서 받는다!" 그때는 그게 참으로 까마득하게 쳐다보이며 그런 축복이 어디에 또 있을까 싶었다. 그래서 동갑내기 친구에게 우리도 80세 생일 파티를 여기서 받자고, 그러도록 건강을 잘 지키자는 이야기를 나누었다. 그러나 그것은 다짐이기보다 희망이었다. 그런 일은 남의 일처럼만 느껴졌다.

그렇게 남의 일만 같던 일, 끝내 나와는 무관할 것만 같던 일이 슬금슬금 나에게 다가왔다. 코트에서 80을 넘기는 분이 하나씩 둘씩 늘어 어느덧 그 숫자가 회원 열 명 중 반을 넘더니 드디어 금년 초

모과를 선물로 받는다면

에는 내 차례가 되어 선물도 받고 파티도 했다. 아이들이 차려 주는 팔순 잔치도 했다. 그처럼 까마득하게 보이던 팔십수(八十叟)가, 그렇게 사람을 위압하던 팔십수가 어느덧 내 것이 되어 있었다.

팔십수라! 도무지 실감이 나지 않는다. 지금 내가 어디에 와 있는가? 여기가 어딘가? 70은 두보(杜甫)의 '人生七十古來稀'도 있고, 공자(孔子)의 "七十而從心所欲不踰矩"도 있지만 80은 아무것도 없다. 이순(耳順)이니 종심(從心)이니 하는 그럴 듯한 별칭(別稱)도 하나 얻어 가지지 못하였다. 80은 그러니까 우리가 쳐 놓은 테두리 밖의 나이다. 사람들이 더 이상 어떤 특별한 의미를 부여하기엔 힘이 미치지 못하는 곳으로 밀려난 나이다. 나는 어느덧 어디 먼먼 외계(外界)에라도 와 있는지 모르겠다.

그리고 보면 참으로 멀리도 왔다. 무척이나 긴 세월을 살아왔다. 흔히 인생이 짧다고 하지만 내 80년을 되돌아보면 인생은 결코 짧지 않다. 길고도 길다. 20년 전 정년도 채우지 못하고 떠난 친구를 떠올리면 그 친구를 떠내 보내고 내가 겪은 일만도 얼마나 많은가에 놀라게 되고 그래서 이 많은 것을 모른 채 세상을 하직한 그 친구가 늘 마음에 걸린다. 그렇게 그 20년만 해도 길고도 길다. 하물며 80년을 더듬어 올라가면 정말 까마득하게 멀고 멀다.

옛날이 따로 없다. 우리가 어렸을 때 듣던 옛날얘기는 꾸며서 들려주는 얘기, 이름 그대로 옛날얘기였다. 우리는 우리가 지내온 얘기를 하면 그게 곧 옛날얘기다. 공 하나가 없어 새끼를 엮어 차고, 그것도 신이 없어 맨발로 차 발이 벌겋게 터지며 아팠다. 요즘 아이들은 "싫어!" 소리를 입에 달고 산다. 그 옷은 싫어, 그 신도 싫어,

이 빵도 싫고 그 과자도 싫단다. 나는 친구들에게 우리가 싫다는 소리를 해 본 기억이 있느냐고 묻곤 한다. 누구도 어림없는 소리를 한다고 한다. 하나라도 있으면 부자 행세를 하던 시절부터 너무 많아 무엇을 선택할지 몰라 고민하는 시대까지 살아왔다. 목탄차 이야기를 하면 우리 세대는 누구나 한마디씩 한다. 우리 시골에는 뱀재라는 제법 긴 고개가 있었는데 거기를 오르는 목탄차는 우리가 걷는 속도보다 느려, 추울 때면 그 곁을 따라 걸으며 목탄 불을 쬐며 걸었다. 등잔은 물론 고콜도 시골에서 산 우리 세대는 다들 잘 안다. 등잔도 박물관에 가야 볼 수 있지만 고콜은 국어사전에서조차 그 정의를 제대로 못해 놓고, 예문 하나 찾아 싣지 못하고 있다.

그렇게 멀리 갈 것도 없다. 내가 서울대학교 교수가 된 다음에도 집에 전화를 놓으려면 몇 달을 기다려야 했고, 시외전화를 걸려면 전화국에 가 신청을 하고 30분쯤 기다려 어느 부스에 가 받으라고 하면 소리소리 질러도 제대로 못 알아듣는데, 부모님들은 또 전화료 많이 나오니 빨리 끊자고 서둘렀다. 거실까지 안 가고 제 방에서도 전화를 받을 수 있는 세상이 되어 이런 세상도 오는구나 했더니, 이제 꼬마들까지 너도나도 손에 들고 다니며 용건을 간단히 전한다는 전화 본래의 기능은 저리 가라고 아예 그 속에 파묻혀 사는데, 우리는 또 그나마 제대로 쓸 줄 몰라 수시로 아이들에게 묻고, 그러면 그놈들도 몰라 손자들에게 물어 보라는 세상이 되었다.

서재에 꽂힌 외서(外書)를 보아도 참 많은 세월이 묻어 있다. 광화문에 있는 범문사나 범한서적에 가끔 찾아갈 때 거기에 내가 찾는 책이 있으리라는 기대를 가지고 가는 일은 한 번도 없었다. 용케 있을 때가 있지만 대개는 없고, 그렇다고 그걸 주문하는 길도 없었다. 이것은 한참 나중 LP를 모을 때도 비슷했다. 명동에 있는 베토벤사에 들러 한두 장씩 사게 되는 것은 꼭 찾는 판이기보다 어떻게 어렵게 흘러 들어온 것을 이것이라도 놓치면 아깝다는 생각으로 사는 경우가 대부분이었다. 외서는 나중 외국에 직접 주문하는 길이 열렸으나 국내에서는 송금이 허용되지 않았다. 그래서 지금 꽂혀 있는 책 중에는 외국에 가 있는 분에게 외화로 송금을 부탁하고 나중 그것을 한화로 갚는 복잡한 과정을 거쳐서 산 것들이 꽤 있다. 이제 LP는 아예 CD로 바뀌기도 하였지만 가게에 가면 없는 게 없어 어떤 것이든 제자리에서 다 살 수 있고, 외국 서적이든 CD든 카드 결재로 집에 앉아 다 받아 볼 수 있다.

졸업 논문은 또 어떤가. 학부 졸업 논문은 원고지에 펜으로 잉크를 묻혀 쓴 것을 묶어서 냈다. 펜촉이 쉽게 굵어져 300매 원고를 쓰려면 몇 번이나 갈아야 했지만 임시변통으로 그 끝을 꼬부리면 얼마는 가늘게 쓰이던 추억들을 우리 세대는 다 안다. 쓰다가 구겨 버리고 쓰다가 구겨 버리고 한 원고지는 또 얼마나 많았으며 초고를 새로 정서(淨書)하는 일은 또 얼마나 번거로웠던가. 석사 논문은 심사본부터 흔히 가리방이라 부르던 철판에 등사지를 대고 철필로 긁어 등사판으로 밀어 만든 형태로 제출하도록 하였다. 수정 지시가 내려 첨삭을 하려면 그 수선스러움을 지금으로선 설명하기도 어렵다. 박사 논문도 왜 심사본을 활판으로 인쇄한 단행본의 형태로 제출하게 하였는지, 수정 지시에 따라 첨삭을 하게 되면 이번에는 문선부터 과정이 더 많지만 무엇보다 페이지가 바뀌면서 판을 새로

짜는 절차가 얼마나 복잡하였던지, 시일이 촉박한 걸 알고는 늦장을 부리기 시작하면 심사받는 일 이상으로 그 일처리가 더 고생스러웠다. 컴퓨터가 알아서 척척 모든 걸 해 주는 세상에서 돌이켜 보면 그것이 내 생애에 있었던 일같지 않게 아물아물하다.

천지개벽을 겪어도 몇 번이나 겪었다. 어느 장면을 떠올려도 그렇지 않은 것이 없다. 지금 내 주변은 온통 일찍이 꿈도 꾸지 못하던 일로 채워져 있다. 80년이라는 세월이 이리도 대단한가 놀라지 않을 수 없다. 그러면서 그 80년을 살아온 내 스스로도 참 대단하다는 생각이 든다.

흔히 인생은 초개(草芥)와 같다고도 하고, 일장춘몽(一場春夢)이라고도 한다. 무변광대(無邊廣大)한 우주를 생각하면, 또 억만겁(億萬劫)의 시간을 생각하면 정말 우리는, 또 우리의 일생은 너무나 눈 깜짝할 사이의 먼지보다도 못하다. 그런데 지금 나는 내 80년이, 80년 동안 내가 누렸던 시간과 공간이 무척이나 크고도 귀(貴)히 생각된다. 이 우주의 일원일 수 있었다는 것이 그렇게 뿌듯할 수가 없다. 빈손으로 왔다가 빈손으로 간다고도 한다. 왜 빈손인가. 80년 동안 내가 겪은 것은 고스란히 내 것이다. 인디언들인가는 노인 하나가 도서관 하나라 한다지만 나는 도서관 하나가 되어 간다. 사람은 이름을 남기고 간다지만 남기고 말고 할 것이 무에 있는가. 내가 디뎠던 족적은 이 우주 어디에 무늬로 남지 않겠는가. 어찌 큰 기쁨이 아니겠는가.

어디 비경(祕境)에라도 가 앉으면 그 자리에 앉은 그 모습 그대로 세상을 뜨고 싶기도 하지만, 좋은 음악을 들으면 또 그 음악을 들으

모과를 선물로 받는다면

며 세상을 마감하고 싶기도 하다. 그러면 집사람은 죽음이 무슨 낭만인 줄 아느냐고 하지만, 낭만이기야 할까마는 소중했던 내 생애의 끝을 아름답게 포장하고 싶은 심정이 일어서일 것이다. 한때는 하이든의 첼로 협주곡 2번의 느린 악장이었다. 그러다가 슈베르트의 마지막 피아노 소나타이다가 또 베토벤의 후기 현악사중주의 어느 악장, 어느 악장이다가, 또 마지막 세 개의 피아노의 어느 악장, 어느 악장으로 옮겨 갔다. 옮겨 가면서도 그것들은 일단 느린 곡이며 애조를 띠는 것들이었다. 그런데 최근에는 아주 규모 큰 합창을 들으며 충동을 느끼고 있다. 말러 2번의 합창, 베토벤 9번의 합창은 언제나 우리를 천상의 세계로 들어올리는 힘이 있지만 요즘 따라 그 음악을 들으며 드높은 곳으로 이끌려가고 싶다는 생각이 잦아진다. 80년이 그렇게 장엄하게 느껴지기 때문일 것이다.

괜히 나도 지금 이 글을 팔십수(八十叟) 누구라고 끝내고 싶다. 아니면 모산노인(茅山老人)이나 노모거사(老茅居士)라 해도 그럴듯하겠다는 생각이 든다. 글쎄 그러면 남들은 뭐라고 할까? 그 무엇이든 내가 어느새 멀리 밀려나 있다는 것만은 확실하다고 해야 할 것이다.

93세의 순정

"또 부모님한태 위대두 많이 받구, 자복은 있는데 부부복으 못 타구 났어요."

그날 마침 추석 다음 날이어서 가족들이 많이 모여 있었다. 그 댁은 종가(宗家)이기도 하니 명절에 북적거리게 마련이겠지만, 할머님이 또 93세 고령이시니 겸사겸사 더 많이 왔을 것이다. 할머니는 그 종가에서 맏아들 내외와 같이 살고 있었다. 평소 며느님이 시어머님을 존경하고 자랑스러워하는 얘기도 들었고, 또 그날 세 딸이 외손까지 데리고 와 화기에 넘치는 것이 다복해 보여 할머님이 복이 많으시다고 인사를 하니, 그때 한 말이 시부모한테 사랑도 많이 받고, 자복(子福)이 있어 아들딸들도 다 잘 되었는데 부부복(夫婦福)이 없었다는 것이다. 말하자면 남편복이 없었다는 것이다.

할머니를 만난 것은 그날이 처음이었다. 강릉에서는 전통 혼례의 폐백 때 시댁 어른들에게 '장반'이라는 걸 올리는 관습이 있다. '장

'반'은 '쟁반'의 사투리인데 큰 놋쟁반에다 어물(魚物)이나 엿 등을 담아 '어물장반', '엿장반' 등으로 부른다. 그것을 폐백 때 격식에 맞추어, 시부모에게는 무슨 장반, 집안 할머니들에게는 엿장반, 사당(祠堂)에는 어물장반 식으로 올린다. 그런데 여러 해 방언 조사를 하면서 이 방면을 소상히 아는 분을 만날 수 없었다. 그래서 이분이면 알지 않을까 해서 방언 조사 막바지에 날을 잡아 그날 가서 뵌 것이다.

이야기는 처음부터 순조롭게 풀렸다. 할머니는 마치 오랜 세월 기다리고 기다린 사람을 만난 듯 얘기 보따리를 줄줄이 풀어 놓았다. 고령 노인들을 찾아 방언 조사를 다니다 보면 다들 비슷비슷한 외로움을 겪고 있다. 얘기를 하고 싶은데 상대가 없는 것이다. 90 평생 쌓이고 쌓인 이야기, 지금 사람들은 꿈에도 모를 이야기를 자랑스레 하고 싶은데 누구 하나 귀담아 들으려고 하지 않는 것이다. 할머니도 교수님 같은 분이나 이런 얘기 좋아하지 늙은이 얘기를 누가 들으려 하느냐고 하면서 마치 오랜 갈증을 풀기라도 하듯 이야기에 열중하였다. '장반'에 대해서도 문자, 마치 미리 준비라도 하고 있었던 듯 막힘이 없었다. '조율장반'이란 말도 이때 처음 들었다. 밤, 대추를 쓴다는 말은 다른 데에서도 어렴풋이들 하는 수가 있었으나 할머니는 '조율(棗栗)'이라는 단어를 쓰고, 또 그 '조율장반'을 시어머니에게 올렸다는 것도 정확히 일러 주었다. 그리고 '거칫장반'이라는 말도 썼다. 이것은 시아버지에게 올리는 것으로 닭을 담아 올렸다 한다. 아마 애초에는 꿩을 쓴 것이 아니었을까 싶다. 그래서 '거치'의 '치'는 '雉'로 보인다. '雉'가 '폐백 치'로도 읽히는 걸보면 꿩이 폐백의 대표적인 품목이었던 것이 그야말로 '꿩 대신 닭'

으로 닭이 그 자리를 대신하게 되었을 법하다. 그렇다면 '거치'는 '巨雉'일 수 있겠다 싶다.

방언이라 하면, 더욱이 사투리라 하면 낮은 계층의 험한, 어떻게 보면 좀 일그러진 말부터 떠올리는 일이 많다. 이 댁 며느리도 내가 이 할머니를 진작부터 한번 뵙고 싶어했으나 선뜻 나서 주지 않았다. 나중 그걸 원망하였더니 이분 이야기도 할머니 같은 분은 사투리 조사의 대상이 되지 않는다고 생각했다는 것이다. 그러나 방언은 그것대로 하나의 총체적인 체계다. 시골에도 고급 문화가 있고, 따라서 그것을 담은 언어도 없을 수 없다. 할머니를 만나 얘기를 들으면서 이분을 만나기를 백번 잘했다는 생각이 몇 번이나 들었다. 할머니는 방언이 어느 계층의 말만으로 대표될 수 없다는 것을 생생히 일깨워 주었던 것이다.

할머니는 '사우(祠宇)'라는 단어를 썼다. 흔히 '사당(祠堂)'이라 하는 것을 몇 번이고 '사우'라 하였다. 국어사전에 보면 '사우'는 "사우=사당"으로만 되어 있고 예문은 없다. 요란스럽게들 말뭉치라는 것을 구축하고 예문을 뽑아 넣으면서도 '사우'의 용례를 찾지 못하였다는 말일 것이다. 그것을 할머니는 일상적으로 쓰고 있었던 것이다. '사우'는 강릉에서 나중 역시 90세를 바라보는 다른 할머니한테서도 듣긴 하였는데, 이런 것이 국어를 풍부하게 살찌우는 데 얼마나 큰 기여가 되는가. '조율장반'만 하여도 그렇다. 국어사전에 '조율'은 "대추와 밤을 아울러 이르는 말" "신부가 시부모에게 드리는 '폐백'을 이르는 말"이라는 두 가지 뜻풀이만 있고 예문은 없다. 그래서 과연 두 번째 풀이처럼 '조율'이 실제로 '폐백'의 뜻으로 쓰이

모과를 선물로 받는다면

고 있는지 알 길이 없다. 만일 있다면 그 의미가 '조율장반'을 올리는 관습으로부터 왔으리라는 것을 할머니는 증언해 주고 있다. 할머니는 '구고(舅姑)'니 '존고(尊姑)'니 하는 어려운 어휘도 구사하였다. 어느 지역에서 이런 단어가 구어(口語)로 살아 숨쉰다는 것도 중요한 증언이다.

그날은 조사를 그리 오래 하지 못하였다. 방문 온 가족들이 떠난다고 인사를 하느라 어수선해졌고, 어차피 명절 바쁜 날 오래 죽치고 있을 수 없었기 때문이다. 그런데 듣는 그 자리에서도 그랬지만 집에 돌아와서도 계속 이상한 울림으로 머리에 남는 것은 '부부복'이 없다는 말이었다. 아니 90세가 넘은 분이 부부복 타령이라니, 그런 생각이 든 것이다. 국어사전에 보면 '처복(妻福)'이란 말은 있어도 남편복에 해당하는 말은 없다. '자복(子福)'이란 말은 있어도 부모 쪽으로 그와 짝이 될 말도 없는 것과 마찬가지로 남편이나 부모는 그저 하늘처럼 위하고 받드는 존재이지 복불복(福不福)을 따질 대상이 아니라는 뜻인지도 모른다. 하기는 할머니는 양주(兩主)께서 동갑이셨던 모양인데 마흔아홉인가에 일찍 부군(夫君)을 여의었다고 한다. 아무리 그렇다 하여도 이제껏 그 일을 마음에 담아 두고 있단 말인가. 그때 할머니가 그 말을 할 때의 음조(音調)는 그리움이 서린 애잔함까지 띠지 않았던가.

한 달쯤 후 할머니를 다시 찾았을 때는 안방에서 옛날 가구도 보며 조용한 분위기에서, 또 지난번보다 더 허물없이 이야기를 나누었다. 마침 막내딸도 와 며느리까지 둘러앉아 가족적인 분위기이기도 하였다. 이날 깨끗이 풀린 숙제 하나가 부부복 이야기였다.

이 집은 종가답게, 또 '진삿집'답게 고풍(古風)이 가득하였다. 외모부터 행랑채를 따로 두고, 앞에서 말한 사당도 있는 큰 기와집이지만, 안방의 가구들은 한결같이 정갈한 골동품들이었다. 거의가 할머니가 시집올 때 가져온 것으로, 특히 귀히 보이는 것은 이층 농이이었다. 그 문 안짝에 친정 조부가 써 붙였다는, 논어의 '君子 有九思'가 붙어 있는 것이 무엇보다 눈길을 끌었다. "유구ᄉᄒ니－아홉 싱각홈이 이시니"의 서두에 이어 "언ᄉ튱ᄒ며－ 말ᄉᆷ애 튱홈을 싱각ᄒ며" "견득ᄉ의니라－어듬을 보매 올홈을 싱각ᄒ니라" 등 아홉 개의 짤막한 글이 있는데 그 철자법도 옛날 것일 뿐 아니라 '유구사(有九思)' '언사충(言思忠)' '견득사의(見得思義)' 등을 한글로 쓰고 그것을 다시 우리말로 풀이한 형식도 특이하였다. 십장생(十長生)을 수놓은 수저통도 있었다. 그 수예 솜씨도 대단하였지만 어떻게 그것을 새것처럼 깨끗이 보존해 왔는지 나는 그것이 더 경탄스러웠다. '젖병'이라는 것도 있었다. 목이 긴 흰 사기 병 두 개인데, 전통 혼례 초례(醮禮)를 치를 때 신랑 신부 앞에 하나씩 놓고 각각 대나무와 소나무를 꽂는 데 썼다고 한다. 병이 젖 모양으로 생겨 '젖병'이라 하였다는데 신부가 나중 젖이 잘 나오라는 뜻이 담겨 있다고 하였다. 그것도 마치 어제 썼던 것처럼 깨끗이 보존되어 있었다.

신혼 초의 기억들도 하나같이 고스란히 간직하고 있었다. 열여덟에 혼례를 올렸는데 그때 낭군은 학생으로 서울에 가 유학을 했던 모양이다. 그때 받은 편지 이야기도 생생하였다. 편지 끝에 "夜 열 시에 씀"이라고 하면서 그 '夜' 자 옆에 '밤'이라고 '퇴'를 달았더란다. '夜'며 '밤'이란 토(吐)며 얼마나 고이 싸 둔 보석인가. 방학 때

오면서 신을 하나 사 온 이야기도 들려주었다. 그때는 물자가 귀하던 때여서 가죽 대신 고래 가죽인가로 신을 만든 것이 있었던 모양으로 그것으로 만든 코신을 사 왔는데 작더란다. 마침 시어머니 발에 맞아 드리고, 다음번에는 문수를 재 가지고 가서 다시 사 왔다고 한다.

더욱 생생한 것은 첫날밤 이야기였다. 막내딸이며 며느님도 그 이야기는 처음 듣는다며 흥미로워했는데 묘사 하나하나가 그렇게 정교하면서도 정겨웠다. 첫날밤은 물론 신부 집에서 치른다. 새로 도배를 한 방에 병풍을 치고 소반에 냉수와 '감주(식해)'를 떠 놓는다. 신랑이 먼저 들어가 기다린다. 관대는 벗고, 복건만 쓰고 청포를 입고 가부좌를 치고 앉아 있더란다. 신부는 하님이 데리고 들어가 신랑 옆에 앉히더란다. 떨리지 않더냐고 물으니, 나이 어려서 무얼 모르겠는데 "그래두 좋은 생각이 드더라구"라 하였다. 신랑이 자기 옷을 벗어 정리해 놓구는 신부한테 와서 족도리 벗기고 낭자르 빼는데, 머리 하는 사람들이 이때 신랑이 고생 좀 하라고 짓궂게 풀기 어렵게 한 것을 찬찬히 풀어 차례대로 꼼꼼히 챙겨 주었단다. 그리고 신부의 저고리를 벗기는데, 어떤 사람은 저고리를 다 벗긴다는데, 당신 신랑은 겨드랑으로 손 양쪽을 넣고 옷고름만 풀어 주었단다.

세밀화도 이런 세밀화는 없겠다 싶게 이야기는 계속되었다. 불은 서산(書算)으로 껐다 한다. 아마 그것을 신랑이 부채 대용으로 가지고 다녔던 모양이다. 그래 이제 신부도 저고리 벗고, 신랑도 벗고 "신혼으로 드는데" 신부가 먼저 누워야 한다고 해 먼저 누웠단다.

신랑 이불은 연두 모본단 이불이고, 신부 이불 따로 있고, 벼개도 긴 벼개 두 개를 나란히 놓고, 그래 먼저 누웠는데, 신랑이 자기 벼개는 밀어 놓고 신부 이불 밑으로 오더니 "이름이 머이요?" 하더란다. 이름이 예쁘지 않아 말하기 부끄러웠으나 안 할 수도 없어 했단다. "쌍기(雙起)래요."

첫날밤이라면 다 특별한 기억들을 하고 있지만 반세기가 넘도록 이렇게 생생하게 기억하는 일이 나에게는 신기하기만 하였다. 그것이 무엇일까? 낭군을 일찍 여읜 그리움을 한 올 한 올 수를 놓아 그렇게 고이고이 간직하고 있는 것일까. 어떤 풍상(風霜)을 겪어도 오로지 그 한 마음만은 지키고 싶었던 것일까. 90세를 넘은 그 만년에까지 부부복을 뇌는 일을 의아해하던 내 마음의 숙제도 저절로 풀렸다. 아, 93세의 저 순정(純情).

할머니를 세 번째 만나러 갔을 때는 편찮으시다고 며느님이 난색을 보여 그냥 돌아왔다. 그리고 긴 겨울이 지나고 다시 연락을 하니 "지난 1월에 돌아가셨어요."

말을 못 잇고 먹먹한 마음을 어쩌지 못하고 있는 나에게 며느님은 애써 좋은 얘기로 말을 이어갔다. 교수님 이야기를 자주 하며, 모과가 익으니 그 하나를 따지 말고 교수님 오면 주자고 하시더란다. 교향에서는 그런 것을 '지두룸'이라 한다. 객지에 가 있는 가족을 위해 남겨 두는, 그가 돌아와 먹기를 기다리는 '기다림'인 것이다.

영정 사진을 내가 처음 뵈었을 때 찍어 액자를 만들어 드린 것으로 하였다는 말도 하였다. 방언 조사를 다니면서 사진을 찍어 액자에 넣어 주는 일을 많이 해 왔는데 대개는 내가 스스로 하지만 때로

모과를 선물로 받는다면

는 그쪽에서 부탁을 하는 수도 있다. 부탁을 하는 측에서는 영정 사진을 마음에 두고 하는 것 같아 나도 그에 적합한 모양으로 만들어 드리곤 하였다. 그런데 이번 경우는 그렇지 않았다. 처음 뵙던 날 역시 사진을 몇 장 찍었는데 그중 한 장면에서 아주 밝은 미소를 띤 것이 마음에 들어 그것을 좀 큰 액자에 넣어 해 드렸던 것이다. 영정 사진으로 쓸 것을 미리 마련해 둔 것이 있었지만 그 미소 띤 모습이 좋아 이걸 썼다는 것이다.

며느님은 그러면서 짧은 인연이었지만 특별한 인연임을 강조하였다. 두 번째 만났을 때도 안채의 배경이 좋아 다시 사진을 몇 장 찍더니 며느님이 교수님하고도 한 장 찍으라고 하니, 할머니는 그래 나도 교수님하고 찍고 싶었다고 하며 마루에서 둘이 찍은 사진이 있다. 그때 할머니는 내 손을 꼭 잡았다. 특별한 인연이었던 것이 맞다.

며느님이 마지막으로 덧붙였다. 할머니가 임종을 가까이 두고 하신 말씀을. "지금 아버지 곁으로 가면 내가 너무 늙어서 알아볼까?"

진달래와 철쭉

■ 「헌화가(獻花歌)」의 꽃

한 소설가가 꽃을 유난히 꽃을 좋아하여 그 꽃 이야기만으로 책을 한 권 냈다고 해서 나도 반가운 마음으로 한 권 샀다. 같은 꽃을 보아도 시인들이 보면 우리가 보는 모습과는 사뭇 다른 꽃이 되어 우리로 하여금 새 세계를 보게 해 주지 않는가. 소설가가 본 꽃은 또 어떤 모습일지 기대가 되었던 것이다. 다른 사람들도 마찬가지였던지 2003년에 나온 책이 판을 거듭하여 내가 산 2011년판은 이미 10쇄였다.

그런데 전체적으로 이 책은 내가 기대하던 것과는 거리가 멀었다. 꽃 자체에 대한 이야기보다는 주변적인 이야기로 채워져 있는 것부터가 그랬다. 그리고 많은 야생화 이야기는 야생에서의 모습이 아니라 집 뜰에 옮겨 심은, 말하자면 화초를 두고 한 것이었다. 「돌단풍과 현호색」이란 글도 화단의 것을 상대로 쓴 것이 분명한데, "돌단풍은 뿌리가 얕고, 현호색은 뿌리가 깊다. 이름이 말하듯이 돌에 붙어서도 곧잘 자라며 잎이 단풍잎을 닮은 돌단풍"이라 한 것은 도대체 이 무슨 소리인가 싶어 어안이 벙벙해졌다. 돌을 터전으로 삼고, 거기에서의 강인하고 고고한 삶 때문에 사랑을 받는 돌단풍을 두고 "돌에 붙어서도 곧잘 자라며"라니. 돌단풍에 대한 모독이기도 하거니와, 이러면서 『꽃』이란 이름으로 책을 내겠다고 나서는 것은 꽃 전체에 대한 불경(不敬)이기도 할 것이다.

이 책에서 찾아 읽은 항목 중에는 「철쭉」도 있다. 그 첫머리에 짧게 진달래와 철쭉의 차이를 말하고는 나머지는 전부 『삼국유사(三國遺事)』에 나오는 「헌화가(獻花歌)」 이야기로 채운 글이다. 역시 철쭉 자체보다 엉뚱한 이야기로 채운 것부터가 그렇지만 무엇보다 꽃을 잘 모르고 쓴 실망스러운 글이다. 특히 두 가지가 그랬다.

하나는 진달래와 철쭉의 차이를 말하면서 "꽃빛이 분홍에 가깝고 맑은 진달래", "꽃빛이 붉고 진한 철쭉"이라고 한 부분이다. 너무나 초보적인 상식이지만 철쭉은 크게 두 종류로 나뉜다. '철쭉'과 '산철쭉'으로. 이 중 "꽃빛이 붉고 진한" 종류는 '산철쭉'이다. 이와 달리 '철쭉'은 진달래보다 오히려 색이 더 연하다. 경상도 사투리로 '연달래'라고도 하는데 그 '연'이 '진달래'의 '진'에 대립되어 붙은 말이다. 이들은 그 분포도 달라 강원도를 기준으로 보면 '산철쭉'은 영동 지방에서는 보기 어렵고 영서 쪽에서도 냇가 낮은 지대의 바위 부근에 많다. 강릉에서는 철쭉을 '함박꽃'이라 하는데 영동 쪽에서 철쭉이라 하면 으레 이 색이 연한 '함박꽃'을 떠올린다. 철쭉을 뒤에서 「헌화가」와 관련시켜 말하면서 "꽃빛이 붉고 진한" 산철쭉을 운위한 것은 벌써 첫발부터 잘못 내디딘 것이다.

다른 하나는 이 글에서 심혈을 기울여 길게 쓴 「헌화가」 이야기에서 수로부인(水路夫人)에게 암소를 몰고 가던 노옹(老翁)이 꺾어다 바치는 꽃이 철쭉이라고 한 일이다. 이 글의 제목을 '철쭉'으로 단 것도 그래서였겠지만, "아무도 섣불리 올라가지 못하는 벼랑을 기어올라가 철쭉꽃을 꺾어 아름다운 여인에게 바치는 늙은이"라고 한 것이다. 물론 『삼국유사』 '수로부인' 조에 있는 "臨海高千丈 上有躑躅花盛開"의 '척촉(躑躅)'을 '철쭉'으로 번역하는 일은 백과사전류에서고 전문적인 논문에서고 으레 그렇게들 하고 있으니 이 글만 놓고 따로 탓할 일은 아니다. 다만 소설가는 좀 남다른 해석을 하지 않을까 하는 기대가 무너졌다는 것인데, 하기는 철쭉 자체를 앞에서 보았듯이 올바로 알지 못하고 있었으니 그 기대는 애초 무리였는지 모른다.

결론부터 말하면 나는 수로부인에게 바친 꽃은 철쭉이 아니라 진달래여야 한다고 생각한다. 어차피 상상으로 만들어진 설화(說話)인데 그것이 실제로 무슨 꽃이었는지를 증명할 길이 없지만 철쭉은 도무지 그 자리에 어울리지 않는다는 것이 내 생각인 것이다.

잘 알다시피 진달래는 누구나 가까이 다가가는 꽃이요, 입술이 붉어지도록 따 먹기도 하고 떡에 넣어 화전(花煎)을 만들어 먹기도 하던 꽃이다. 어렸을 때 어설프게 빈 소주병으로 만든 꽃병에 이른 봄 봄맞이 꽃으로 꺾어 꽂던 꽃도 진달래다. 반면 철쭉은 되도록 멀리 하는 꽃이었다. 가까이 가 꺾는 법이 없었다. 우리가 어려서 가장 자주 듣던 경고가 철쭉에 가까이 가지 말라는 것이었다. 진달래가 지면서 곧바로 이어 철쭉이 피고 또 그 꽃 생김새도 다같이 진달랫

모과를 선물로 받는다면

과로 비슷한 데가 있어, 혹시 혼동을 일으켜 진달래를 따 먹던 끝에 철쭉도 따 먹지 않을까를 염려한 것이다. 경고는 구체적이기도 하여 그걸 만진 손으로 눈을 비비면 눈이 까진다고 하였다. 워낙 경고가 엄중하였던 탓인지 우리 스스로 그런 피해를 입은 일은 없었으나 식물도감 등의 설명을 보아도 독성(毒性)이 있음이 분명하다. 어쩌다 손에 닿으면 끈적끈적한 액체가 묻어 기분부터가 좋지 않다. 아니, 방언으로 철쭉을 아예 '개꽃'이라 하여 진달래를 가리키는 '참꽃'과 완전히 다른 등급으로 천대하고 있지 않는가. 미모의 귀부인에게 이런 꽃을 꺾어다 바친다는 것은 나로서는 도저히 받아들여지지 않는다.

물론 그렇게 기분으로, 그런 주변적인 잣대로 접근할 사항이 아니지 않느냐고 할 수 있을 것이다. 무엇보다 문헌에 분명히 철쭉이라고 되어 있는데 무슨 소리를 하느냐고 당장 반박하고 나서고 싶을 것이다. 그 꽃이 보통 때는 가까이하기를 꺼리는 꽃일지라도 당장 그 꽃을 꺾어 달라고 하는데 그런 사소한 문제를 따질 계제가 아니지 않느냐고 할 수도 있을 것이다. 그 상징성이 중요하지 실제로 무슨 꽃인지는 아주 지엽적이라고, 문단에서 흔히 하듯 문학성을 앞세우며 도도한 자세를 취할지도 모르겠다.

그러나 내가 보기엔 그렇게 해서 넘어갈 일이 아니다. 내가 보기엔 좀 더 기초적이고 근원적인 데에서부터 던졌어야 할 물음을 묻어 둔 채 긴 세월 너무나 태평스럽게 지내왔다. 한적(漢籍)에 나오는 '척촉(躑躅)'은 어느 경우나 우리나라의 '철쭉'을 가리키는 단어로 쓴 것일까, 혹시 '진달래'를 달리 마땅한 단어가 없어 '躑躅'이라 하는 일은 없었을까 그런 물음이 한 번쯤은 제기되었을 법한데 그런 일이 있었던 흔적은 보이지 않는다. '躑躅'만 나오면 너도나도 '철쭉'으로 번역하곤 일말의 회의(懷疑)도 품지 않았던 듯하다.

외국어를 번역할 때 우리가 어려움을 겪는 일의 하나는 한쪽에서는 분화되어 별개의 이름을 가진 사물이 다른 한쪽에서는 하나로 묶여 불리는 경우다. 우리는 소나무와 잣나무를 엄연히 구별한다. 그런데 영어에서는 다같이 pine이다. 중국어에서도 사정이 비슷하여 松 하나로 묶이는 것으로 알고 있다. 우리는 논어의 "歲寒然後知松柏之後彫也"의 '송백(松柏)'을 흔히 '소나무와 잣나무'로 번역하고 있으나 '柏'은 기실 '측백나무'라 한다. 우리도 일찍이 『훈몽자회(訓蒙字會)』나 『유합(類合)』 등에서는 이 글자를 '즉빅 빅'으로 바로 읽어 왔다. 그렇다면 만일 중국에서 실제로는 잣나무를 말하면서 松을 쓸 수 있을 터인데, 마찬가지로 실제로는 잣나무를 말하면서 영어로 pine이라 할 수 있을 터인데 그걸 우리가 무심히 '소나무'로 번역할 경우가 있을 것이다. 번역에는 이런 함정이 도처에 도사리고 있을 것이다.

진달래의 경우도 마찬가지다. 1976년 하버드에 가 있을 때, 보스턴 식물원에 한국 진달래가 있다고 일러 주는 분이 있어, 홀아비 생활에 향수병을 앓고 있던 차라 시간을 내어 찾아간 일이 있다. 바로 초입에 과연 진달래가 있었다. 그리고 그 팻말에는 Korean azalea라고 되어 있었다. 영어로 진달래와 철쭉은 다같이 azalea라고 할 수밖에 없음에도 이 특별한 것을 그렇게 뭉개 버릴 수는 없어 친절을 베풀어 Korean을 앞에 붙였을 것이다. 보통 때라면 그들은 한국의 철

모과를 선물로 받는다면

쭉을 보든 진달래를 보든 다같이 azalea라 할 것이다. 그것을 또 우리가 무턱대고 '철쭉'으로 번역하는 함정에 빠질 수도 있을 것이다.

'척촉(躑躅)'을 '철쭉' 하나로만 번역하는 일은 바로 그러한 함정에 빠졌다는 게 내 생각이다. 내가 조사해 본 바로는 중국어에는 우리의 진달래만을 따로 가리키는 단어가 없다. 중국에는 동북부 일부 지역을 제외하고는 진달래가 없다니까 그런 단어를 만들 필요가 아예 없었을 것이다. 그러니 우리가 가져다 쓸 단어도 따로 있을 수 없었을 것이고, 따라서 『삼국유사』와 같은 한적(漢籍)에서 '躑躅'이 나오면 '철쭉'으로 번역될 수도 있지만 '진달래'로 번역되어야 할 자리가 있을 것이다. 헌화가와 관련되는 '躑躅'은 바로 그렇게 '진달래'로 번역되어야 할 자리가 아니겠느냐 하는 것이 내 생각인 것이다.

여기에서 '두견화(杜鵑花)'(또는 '杜鵑')에 대해 일언해 둘 필요가 있겠다. 앞에서 중국어에는 우리의 진달래만을 따로 가리키는 단어가 없다고 하였는데 그 말을 듣고 '杜鵑花'가 있는데 무슨 소리를 하느냐고 할 사람들이 있을 것 같아서다. 국어사전에도 '두견화(杜鵑花)=진달래' 및 '두견(杜鵑)=진달래'로 되어 있다. '두견주(杜鵑酒)'도 진달래꽃을 넣어 만든 술을 가리키는 말로 쓰고 있다. 그만큼 '두견화'는 진달래를 가리키는 말로 굳어졌다. 한편 '척촉(躑躅)'은 '척촉(躑躅)=철쭉'이라 하여 완전히 철쭉으로 밀어 놓았다. 국어사전대로라면 진달래와 철쭉이 한자어로는 각각 '杜鵑花'와 '躑躅'으로 엄연히 갈려 있다.

여기서 자칫 우리는 이 구분이 중국에서의 용법을 그대로 차용(借

用)해 왔을 것으로 생각하기 쉽다. 그러나 그렇지 않다. '두견주(杜鵑酒)'만 하여도 중국에서는 9월 중양절(重陽節)에 담아서 다음 해 두견새가 울 무렵 마신다고 해서 붙여진 이름인데, 우리는 진달래꽃과 관련시키는 식으로 '두견(杜鵑)'을 우리 식으로 탈바꿈시킨 것이다. 중국 측 사전에서 '躑躅'을 찾으면 "杜鵑花的別名. 又名映山紅"이 나온다. '杜鵑花'는 그저 '躑躅'의 다른 이름일 뿐인 것이다. 즉 둘은 동의어(同義語)다. '杜鵑花' 쪽을 찾아보아도 이명(異名)으로 '영산홍(映山紅)' '산척촉(山躑躅)' '산석류(山石榴)' 등이 나오며, 곁들인 사진을 보아도 대부분 우리가 주로 정원에 화초로 키우는 갖가지 색깔의 원예종 철쭉으로 우리 진달래와는 거리가 멀다. 우리나라에서도 단국대학교 동양학연구소에서 간행한 『한한대사전(漢韓大辭典)』에서 '두견화(杜鵑花)' 항에 "철쭉의 일명. 낙엽 활엽 관목. 또는 그 꽃. 영산홍(映山紅)이라고도 하며, 우리나라에서는 진달래를 일컫는다"고 '杜鵑花'가 철쭉인 것을 다만 우리나라에서 진달래로 부르고 있음을 올바로 정리해 놓고 있다.

그렇다면 중국에서는 같은 꽃을 가리키는 두 단어를 우리나라에서 각각 다른 꽃을 가리는 단어로 변용해 썼다는 이야기가 된다. 왜 그랬을까? 무엇을 잘못 알았을 수도 있을 것이다. 대국(大國)에서 엄연히 다른 꽃을 한 단어로 혼동하는 일이 있을 수는 없지 않은가, 분명히 별개 단어가 있을 것인데 그러니까 '杜鵑花'가 바로 진달래를 가리키는 이름일 것이라고 지레 믿어 버린 것일 수도 있을 것이다. 아니면 두 단어가 동의어(同義語)라는 것을 알면서도 우리의 편의를 위해 한쪽에 하나씩 배당하는 고육지책(苦肉之策)을 짜냈는지

모과를 선물로 받는다면

도 모른다. 한시(漢詩)라도 짓자면 두 단어로 분화시켜 놓는 것이 여러모로 편리하였을 것이기 때문이다. 아니, 어쩌면 필요불가결한 일이었을지도 모른다.

최근에 '매화(梅花)'를 plum으로 영역한 시를 본 일이 있는데 plum에서는 아무리 하여도 매화의 영상이 떠오르지 않았다. 따로 가리키는 단어가 없어 겨우 plum으로 우리의 매화를, 사군자(四君子)의 그 그윽한 매화를 노래한다는 것이 도무지 마음에 들지 않았다. 우리가 진달래를 '척촉(躑躅)'이라 하지 못하고 '두견화(杜鵑花)'를 가져다 쓴 것이 그런 심정에서였을 수도 있을 것이다. 진달래가 우리들에게 얼마나 특별한 꽃인가. 국민의 사랑을 가장 많이 받아 온 꽃이 아닌가? 그 진달래를 철쭉을 가리키는 '躑躅'으로 땜질하는 것은 도저히 용납이 되지 않았을 법도 하다. '杜鵑花'를 내세우면서 안도의 숨을 쉬었을 수도 있을 것이다.

그런데 어땠을까? 결과적으로 잘한 일일까? 명분은 어떻든 유용하기는 하지 않느냐고 해야 할까? 자신이 없다. 중국 사람들에게는 우리가 '두견화(杜鵑花)'를 쓰든 '척촉(躑躅)'을 쓰든 어차피 같은 꽃으로 인식된다면 괜히 부질없는 짓을 한 꼴이 아닐까? 괜히 '躑躅'으로 하여금 '철쭉'에 옴짝달싹 못하고 묶이게 하여, 그것이 '진달래'로도 받아들여질 수 있는 길을 막아 버린 결과만 초래한 것이 아닐까? 나는 '杜鵑花'가 바로 그 주범(主犯)이라는 생각이 들어 '杜鵑花'를 두고 좀처럼 좋은 생각을 품을 수 없다.

여기서 궁금한 일 하나는 그러면 우리나라에서 과연 언제부터 '杜鵑花'가 '진달래'를 가리키는 한자어(漢字語)로 굳어졌을까 하는 점이다. 적어도『구급간이방(救急簡易方)』(1489)이나『훈몽자회(訓蒙字會)』(1527) 때까지는 아니었던 것 같다. 전자는 '진돌 윗곳'을 '양척촉화(羊躑躅花)'와 짝을 지어 놓았는데 이것은 그보다 앞서『향약구급방(鄕藥救急方)』(1433)에서 '양척촉(羊躑躅)'의 우리말을 '진월배(盡月背)'로 표기한 것으로 이어지는 것으로 보인다. 한편『훈몽자회』에서는 '蹢躅(躑躅)'이 일명 '양척촉(羊躑躅)'으로도 불린다고 하면서 "진돌 위"는 '산척촉(山躑躅)'을 그렇게 말하는 것이라는 부기(附記)를 달아 놓았다. 이때까지만 해도 진달래는 비록 앞에 '양(羊)'이나 '산(山)' 같은 수식어가 붙었을망정(이런 수식어가 붙은 것은 중국에서 '躑躅'이 오늘날엔 꽃 이름으로는 생명을 잃었다는데 이 무렵에 이미 그 징조가 있었던 때문이 아닌가 싶다) '躑躅' 언저리를 떠나지 않았던 것이다. 그러다가『역어유해(譯語類解)』(1690)에 오면 '杜鵑花'를 '진둘릭'로 번역한 것이 나온다. 유희(柳僖)의『물명고(物名攷)』(1824)에도 '杜鵑 딘달늬'가 나온다. 대표적인 어휘집에 거듭 오른 것을 보면 17세기 이후에는 그 자리를 굳힌 것으로 보인다. 그런데『물명고』에 "우리 진달래가 중국에서 '杜鵑'이라 하는 것과는 일치하지 않아 무엇이 무엇과 부합하는지 잘 모르는 채 이렇게 이름을 달았다"는 단서를 달아 놓은 것을 보면 19세기까지도 확고한 신뢰를 얻고 있지는 않았던 듯하다.

이렇게 보면 진달래의 한자어 짝짓기는 꽤나 오랜 시간 시련을 겪었음이 역력한데, 여기서 짐작되는 바로는「헌화가」때까지는 아직 '두견화(杜鵑花)'가 우리나라에 발도 들여놓지 않은 상태였으리라는 점이다. 그러니까 그 당시의 '척촉(躑躅)'은 진달래며 철쭉이며를 가

모과를 선물로 받는다면

리지 않고 한데 묶어 부르는 이름이었을 것이다. 그렇다면 우리가 지금껏 躑躅을 '철쭉'이라는 족쇄에 묶어 두었던 일이 얼마나 부질없는 짓이었던가?

우리가 소설에서든 시에서든 묘사된 어떤 장면을 떠올릴 때는 일차적으로 자기의 경험이 중요한 바탕이 된다. 나는 소월의 "엄마야 누나야 강변(江邊) 살자. 뜰에는 반짝이는 금모래 빛. 뒷문 밖에는 갈잎의 노래"의 '갈잎'을 한결같이 떡갈, 신갈 등의 갈잎으로 믿어 왔다. 그런데 어느 문학 전공자가 그 '갈잎'이 갈댓잎이 아니고 떡갈잎이라는 것을 논문으로 쓴 것을 보고, 이 당연한 것을 논문으로까지 쓰는가 하고 기이하게 생각한 적이 있다. 알고 보니 그때까지 그 '갈잎'을 다들 갈댓잎 쪽으로 해석하고 있었다. 이상해서 국어사전을 보니 갈잎은 그 두 가지의 어느 의미로나 쓰는 단어였다. 그렇다면 강변에 살자고 했으니까 두 의미 중 일차적으로 갈대 쪽을 떠올리기가 쉬울 법도 하다. 적어도 그쪽이 개연성이 더 크다고 보는 게 순리적이라 할 수도 있겠다. 그런데 나는 아무래도 갈대 쪽으로는 마음이 가지 않는다. 역시 내 경험의 바탕 때문이다.

특히 강원도가 그러하지만 우리의 강이란 넓은 평야를 흐르기보다는 대개는 양쪽에, 아니면 적어도 한쪽은 산을 끼고 흐른다, 비록 강변이라 할지라도 우리가 집을 지을 때는 뒷문 밖이 갈대밭인 곳에 짓기는 어렵다. 또 그럴 수 있다 하더라도 우리의 정서로는 집이란 산을 등지고 있어야 한다. 그 산에는 으레 흔하고 흔한 참나무, 곧 갈나무가 있다. 갈잎의 노래가 없을 수 없다. 그런데 근래 2007년에 나온 한 연구서에도 다시 '갈잎'에 '갈대잎'이라 주석을 붙이며

"일부 주석에서 '가랑잎'으로 해석한 예가 있으나 잘못이다. 소월과 함께 김억도 '갈잎피리'라는 말을 썼는데 가랑잎으로 피리를 만들었을 리가 없는 것이다"라고 새 해석을 봉쇄하고 있다. '잘못'이라고까지 할 것은 없을 것이다. '갈잎피리'가 결정적인 증거일 수도 없을 것이다. '갈잎'이 다의어(多義語)니 '갈잎피리'에서는 그 뜻으로 쓰고 '갈잎의 노래'에서는 이 뜻으로 썼을 가능성도 배제할 수 없기 때문이다. 어떻든 나는 '갈잎'을 갈나무 잎으로 읽어야 이 시가 더 가까이 다가온다.

「헌화가」의 꽃도 그러니까 일차적으로 내 경험이 중요한 바탕을 이룬다. 강릉 가까운 곳에는 높은 바위 벼랑이 많다. 「헌화가」의 꽃은 바닷가의 천 길이나 되는 높이의 바위 벼랑이 병풍처럼 솟아 있는 곳에 피어 있었던 것으로 되어 있다. 그런 벼랑에 피는 꽃은 으레 진달래다. 이른 봄 그 아득한 곳에서 화사한 자태를 뽐내면서 흐드러지게 피어 있는 것을 보면 정말 누구에게 꺾어 바치고 싶은 유혹을 느낀다. 수로부인에게 바치기에 더없이 좋은 꽃이라는 생각이 절로 인다. 소월(素月)도 진달래꽃을 한아름 따다 뿌리겠다고 하지 않았는가. 그 자리에 철쭉을 대입할 수는 없다. 어릴 적부터 그렇게 가까이 가기조차 꺼려했던 철쭉, 개꽃으로까지 불리는 그 꽃을 수로부인에게 꺾어 바치는 장면은 나로서는 도무지 떠올리는 일조차 어렵다.

나는 수로부인의 설화를 옮긴 저자가 머릿속으로는 진달래를 그리면서 달리 마땅한 한자어가 없어 그걸 '척촉(躑躅)'으로 적었다고 믿는다. 나는 또 설혹 그가 머릿속으로 그린 꽃이 우리의 철쭉이

184   모과를 선물로 받는다면

었다 하더라도 그가 무엇을 제대로 모르고 있었음을 우리가 올바로 잡아 주어야 한다고까지 생각한다. 「헌화가」의 '화'는 '진달래 화(花)'라는 게 내 생각이다. 「헌화가」가 영화로라도 찍혀 수로부인이 진달래꽃을 받는 장면을 볼 수 있는 날이 왔으면 좋겠다.

정재서

― 평성(平成) 25년 경성중학

― 웃은 죄

― 고왕금래(古往今來) 연편(連篇)

평성(平成) 25년 경성중학

"내가 그의 이름을 불러 주기 전에는 그는 다만 하나의 몸짓에 지나지 않았다. 내가 그의 이름을 불러 주었을 때, 그는 나에게로 와서 꽃이 되었다." 너무나도 회자되는 김춘수 시인의 이 시구는 다른 각도에서 읽힐 여지를 지니고 있다. 일견 아름다운 상념을 자아내는 이 시구가 정치적으로는 무시무시한 발언이 된다. 알튀세는 '호명'이야말로 개인을 이데올로기에 예속시키는 행위로 보았고 사이드는 '명명'을 제국주의가 식민지 타자를 자신의 체계에 편입시키는 방식으로 보고 있기 때문이다.

디포의 『로빈슨 크루소』에서 주인공 로빈슨은 외로운 섬에서 원주민 하인을 얻는다. 분명히 제 이름이 있을 이 원주민에게 로빈슨은 본인의 의사와 상관없이 프라이데이라는 이름을 지어 준다. 단지 금요일에 데려왔다는 이유로. 로빈슨은 또 이 원주민에게 영어를 가르쳐 주고 기독교로 개종시킨다. 명명과 언어 침탈, 개종 등, 사이드는 제국주의 전성기에 형성된 서양 고전 명작들이 이처럼 당시 서양의 타자에 대한 식민화 방식을 은연중 작품에 반영하고 있다고 비판한다. 과거에 일제는 이러한 서양의 악행을 그대로 답습하여 우리에게 실천했다. 익히 알려진 대로 한국어 말살과 일본어 강제 교육, 창씨개명, 신사참배 강요 등이 그것이고 그 후유증과 상흔은 지금까지 남아 있다. 명명과 관련된 한 예로 한국의 꽃 이름과 나무 이름들을 보자. 아름답고 토착적인 정서가 물씬 풍기는 우리의 식물 이름과는 별도로 그것들의 학명에는 상당수가 'Nakai(나카이)'를 비롯한 일본인의 이름이 들어가 있다. 그것은 일제 시대에 일본인 식물학자에 의해 한국의 식물들이 마치 처음 출현한 양 발견되었기 때문이다. 그리하여 린네의 명명법에 따라 첫 발견자인 일본인 학자의 이름이 한국의 대부분의 식물 이름 안에 들어가게 된 것이다.

동양학에서 이러한 현상은 심각하다. 동양학이라는 말 자체가 일본 제국 학문이 만들어 낸 용어이지만 사실 근대 이후 동양은 일본이 대변해 왔고 일본의 동양학에 의해 동양이 설명되어 왔으며 특히 서양의 동양학은 일본 동양학의 기초 위에 성립되어 있다고 해도 과언이 아니다. 서양 동양학의 고전인 라이샤워, 페어뱅크 공저의 『동양문화사』에 일본이 고대에 한반도 남부를 지배했다는 '임나일본부설'이 그대로 실리고 세계의 거의 모든 지도에서 동해가 일본해로 표기되어 온 것은 이러한 실정을 보여 주는 극히 작은 예에 불과하다.

한편 오늘의 일본 우익 정치인들은 도리어 과거 일제의 만행을 호도하고 나아가 정당화하는 발언을 서슴지 않는다. 그들은 태평양 전쟁이 동양을 서양의 침략으로부터 방어하기 위한 명분 있는 전쟁이었으며 한국 등에 대한 식민 지배가 오히려 근대화를 위해 기여했다고 강변한다. 그리하여 '침략'이 아니라 '진출'이며 위안부 강제 동원은 없던 일로 삭제해야 한다고 목청을 높인다.

후안무치한 데다가 적반하장 격인 이러한 언동을 효과적으로 징치(懲治)할 수단이 없는 우리의 현실이 딱하고 울화통이 터질 노릇이지만 최근 서울의 한복판에서 더욱 아연한 일을 겪었다. 며칠 전 우연히 광화문 인근에 위치한 경희궁을 돌아보게 되었다. 이곳은 조선의 왕궁이었는데 일제 때 해체되어 일본인 학생들만 다니는 경성중학이 되었고 해방 이후 서울고등학교로 새로 태어났다가 그 학교가 이전하면서 예전의 왕궁 경희궁으로 복원된 곳이었다. 그런데 궁 앞의 안내문을 읽다가 어이없는 구절을 발견하였다. 경희궁의 연혁을 말하고 있는데 "한일병합과 함께 조선총독부에 소유가 넘어가면서" 본래의 모습을 잃었노라고 쓰여 있지만 '한일병합'이란 단어에서 강제 병합의 기미는 조금도 느낄 수 없었고(병합이란 말 자체가 일제의 용어) 혹시나 해서 그 밑에 병기한 중국어 설명을 보았더니 실로 가관이었다. "한일 양국이 한일합병 조약에 서명하고 이 궁전들은 모두 조선총독부 소유가 되었다(韓日兩國簽署韓日合併條約, 這些宮殿都歸朝鮮總督府所有)"는 것이다. 한국이 합법적으로 병합되었다고 강변하는 일본 우익의 주장을 고스란히 옮겨 놓은 듯한 이 안내문의 작성 주체는 도대체 누구인가?

대한민국의 심장부에 위치한 그곳은 경희궁이 아니라 여전히 평성(平成) 25년의 경성중학이었다.

(2013. 4. 15)

* 추기(追記): 경희궁의 안내판은 칼럼이 나간 후에도 요지부동이다가 1년 후 한 자원봉사자의 노력에 의해 마침내 시정되었다.

웃은 죄

「국경의 밤」의 시인 파인(巴人) 김동환에게 「웃은 죄」라는 시가 있다. "지름길 묻길래 대답했지요. 물 한 모금 달라기에 샘물 떠 주고, 그러고는 인사하기에 웃고 받았지요. 평양성에 해 안 뜬대도 난 모르오, 웃은 죄밖에." 길 가는 남정네와의 뜬소문을 무마하려는 시골 아낙의 모습을 떠올리게 하는 이 시는 웃음의 무죄를 역설한다. 하지만 근대 이전에 웃음은 결코 헤프게 남발해서는 안 되는 것이었다. 그것은 심지어 불경함과 불온함의 상징이었다. 에코(U. Eco)의 『장미의 이름』을 보면 눈먼 호르헤 수사(修士)가 웃음을 극도로 경멸하는데 그것은 중세적 도그마를 수호하기 위해서였다. 바흐친(M. Bakhtine)이 엄숙주의를 파괴하는 웃음의 중요성을 강조한 이후 웃음은 그 가치를 인정받게 되었다. 오늘날엔 '웃음 치료'가 등장할 정도로 그것은 우리의 마음뿐만 아니라 몸도 치유하는 만능의 처방으로 대두하여 가가호호(家家戶戶) 웃기에 골몰한다. 그러나 시세가 아무리 그렇다 할지라도 때에 따라 웃음은 망신이 될 뿐만 아니라 '죄'가 될 수도 있음을 고금의 사례는 보여 준다.

아마 이 방면의 최초의 사례는 멀리 주(周)나라 유왕(幽王) 때의 총희(寵姬) 포사(褒姒)가 될 것이다. 소설『동주열국지(東周列國誌)』를 보면 엄청난 미인이었던 그녀는 도무지 웃질 않아서 임금을 안달 나게 했다. 그러던 어느 날 봉화를 잘못 올려서 사방의 군대가 왕궁으로 쇄도했다가 영문을 몰라 어리둥절하는 모습을 보고 깔깔 웃었다고 한다. 그 후 임금이 포사의 웃는 얼굴을 보려고 자주 거짓 봉화를 올리게 했다가 나중에 정말로 견융(犬戎) 오랑캐가 쳐들어왔을 때 구원병이 오지 않아 나라가 망했다는 이야기이다. 사실 이 경우 죄는 웃었던 포사에게 있는 것이 아니라 어리석은 임금에게 있는 것이지만 어쨌든 웃음이 재앙을 초래한 사례이다. 우리에게 익숙한 소설『삼국지』에도 영웅 조조가 웃음으로 인해 스스로 만고의 웃음거리가 되고 만 사건이 있다. 제50회 "제갈량이 지혜로 화용도를 예상하고 관우가 의리로 조조를 놓아주다(諸葛亮智算華容, 關雲長義釋曹操)" 편을 보면 조조가 적벽에서 패하고 달아나는 와중에도 병법 실력을 자랑하여 세 곳에서 세 번이나 제갈량을 비웃다가 그때마다 매복했던 유비의 군대가 나타나 기겁을 하고 급기야는 관우에게 사로잡힐 뻔할 지경에 이르게 된다. 경솔한 웃음이 자신을 망친 사례이다.

남의 웃음으로 엉뚱한 사람이 피해를 본 경우도 있다. 조선 연산군 때의 문신 장순손(張順孫, 1457~1534)은 얼굴이 돼지를 닮아 '저두(猪頭)'라는 별명이 있었는데 궁중의 제사상에 올린 돼지 머리를 보고 기생이 웃었다고 한다. 연산군이 웃는 이유를 캐묻자 장순손의 모습이 떠올라서 그랬다고 대답하니 둘 사이에 무슨 정분이 난 줄 알고 귀양 가 있던 장순손을 처형하라고 명하였다. 마침 중종반정(中宗反正)이 일어나 장순손은 목숨을 건지고 후일 영의정에까지 오르게 된다. 지엄한 자리에서의 실소(失笑)가 남의 목숨을 위태롭게 한 사례이다. 최근 한 국무위원이 막중한 현안을 논의하는 자리에서의 부적절한 언행과 웃음으로 공분(公憤)을 사 파직된 일이 있었다. 만능의 처방이 도리어 몸에 이롭지 않게 된 사례로 기억될 만하다.

(2014. 2. 15)

고왕금래(古往今來) 연편(連篇)

상념의 영화 _바이센테니얼 맨

바야흐로 융복합의 시대라 한다. 학문, 기술뿐만 아니라 인종이나 공간, 시간 속에서도 소통과 통합을 추구하는 시대에 진입한 것이다. 그런데 가장 오래된 이야기인 신화에는 이러한 발상의 원형이라 할 갖가지 잡종, 변종의 존재들이 아무렇지도 않은 듯이 출현한다. 가령 그리스 로마 신화에서의 미노타우로스나 중국 신화에서의 신농(神農)은 사람과 소, 인어공주와 저인(氐人)은 사람과 물고기의 합체이다. 이른바 현대의 신화인 영화, 특히 SF영화는 가끔 묵시록처럼 인류의 미래를 예견케 해 주는 것 같아 섬뜩하기마저 하다. 아닌 게 아니라 오늘날 첨단 기기의 80퍼센트 이상이 과거의 공상과학 소설이나 영화에 이미 등장한 바 있다는 통계도 있으니 인간 상상력의 예지에 놀라게 되고 그것을 발휘한 신화 혹은 영화의 통찰력을 결코 가볍게 볼 수 없을 것이다.

사실 〈바이센테니얼 맨〉은 거창하게 필자의 인생에 큰 의미를 부여한 그런 영화는 아니다. 논문에 골머리를 앓다 우연히 제목을 보고 기분 전환용으로 보게 된 영화이다. 그러나 요즘 쏟아지고 있는 사이보그나 로봇 등 흔한 SF 영화 중의 하나로 단순히 생각했던 이 영화가 필자의 마음을 끌게 된 것은 다른 이유에서였다. 먼저 간단히 줄거리를 살펴보면 다음과 같다.

주인공 앤드루는 가사를 도와주기 위해 하인으로 제작된 로봇이다. 그런데 제작 과정의 실수로 이 로봇은 인간처럼 감정과 생각을 지니게 되었다. 주인집 가족들과 좋은 일, 궂은일을 함께하던 앤드루는 급기야 딸과 친밀한 사이가 된다. 세월이 흘러 주인집 가족들은 하나둘 늙어 죽지만 로봇인 앤드루는 여전히 그 모습이다. 앤드루는 할머니를 빼닮은 손녀딸 포샤와 다시 사랑에 빠지게 되고 둘은 마침내 결혼에 이른다. 둘은 행복했지만 문제는 아내 포샤가 늙어서 죽게 될 때까지 앤드루는 로봇 그대로였던 점이다. 앤드루는 사랑하는 포샤와 함께 죽고 싶으니 동력을 끊게 해 달라고 법원에 청원하고 법원은 전례 없는 로봇과 인간의 사랑을 인정하여 청원을 받아들이고 둘은 행복하게 최후를 맞는다.

신화에서부터 인간은 이류(異類)와의 결합을 시도해 왔고 현대에 이르러 물질과의 결합이 가속화되고 있다. 인간의 몸 자체에도 이미 각종 기기가 탈부착의 형태로 공존하고 있어 점차 사이보그화되어 가고 있지만 인간은 필연적으로 기계를 떠나 존재할 수 없는 상황에까지 이르게 될 것이다. 영화 〈크래쉬〉에서 두 남녀는 기계와의 교감 없이는 섹스를 하지 못한다. 그들은 자동차가 충돌하는 순간 절

정감을 맛본다. 이제는 인간의 마음속에 기계의 마음이 깃들고 기계 속에도 인간의 마음이 스며드는 시대가 되었다. 십수 년 이상 차를 몰다가 중고차 딜러의 손에 끌려 폐차장으로 향하는 애마(愛馬) 아니 애차(愛車?)의 뒷모습을 지켜보면서 쓸쓸한 심회에 사로잡히지 않는 사람은 아마 비인간 아니 비기계적(?) 인간이라고 불려야 마땅하리라. 아무리 기계일지라도 십수 년 동안 눈이 오나 비가 오나 가족들의 발이 되어 동고동락했던 차에 대해 마냥 무심할 순 없는 것이 또한 인간의 감정이다. 우리는 이제 기계와 교감을 하는 것이다!

인간뿐인가? 영화는 인공지능을 장착한 기계도 인간과 교감을 하게 될 것이라고 예고한다. 영화 〈터미네이터 2〉에서 미래로부터 온 사이보그 T-101은 임무를 완수하고 용광로에 뛰어들기 직전, 정들었던 소년 존 코너에게 눈물의 의미를 알 수 있을 것 같다고 고백한다. 〈바이센테니얼 맨〉은 이러한 정서를 이어 기계와 인간이 완벽히 교감하는 경지를 훌륭히 묘사해 낸 영화이다. 과거에 인간은 자연과의 합일을 추구했지만 앞으로 이와 더불어 기계와의 합일을 이루어 내지 못하면 행복하지 못할 것이다. 스티브 잡스가 뛰어난 것은 바로 이 세기적 변화를 선취했다는 점에 있다. 그는 인간과 마냥 무관한 것으로만 여겨왔던 기계에 감정을 불어넣어 인간과의 교감을 시도하고자 했다. 그가 애플의 제품 속에서 구현하고자 했던 휴머니티와 인문학 그리고 테크놀로지의 합일은 실상 인간과 기계의 점근(漸近)이라는 세기적 추세에 대한 직관에서 비롯한 것이다.

여기에서 인문학의 새로운 고민이 생겨날 것이다. 과연 인간은 어디까지가 인간이고 어디부터가 기계인가? 인간과 기계의 합일 시대에 새로운 인문학은 어떻게 설정되어야 할 것인가? 그것은 인간과 기계까지 포함한 내용일까? 그렇다면 과연 인간의 정체성은 무엇인가?

이 지점에 이르러 다시 옛 신화를 돌이켜 볼 필요가 있을 것이다. 왜냐하면 길을 잃었을 때 우리는 반사적으로 처음의 출발점으로 가서 걸어보기 때문이다.

〈바이센테니얼 맨〉은 이러저러한 상념의 세계로 필자를 이끌고 간 간단치 않은 영화였던 것이다.

(2012. 12. 31)

사라진 동양의 비너스

춘원 이광수의 농촌 계몽소설 『흙』을 보면 다음과 같은 대목이 나온다. "정선은 숭이가 가정교사로 있는 윤 참판집 딸이다. 정선은 몸이 가냘프고 살이 투명할 듯이 희고 더구나 손은 쥐면 으스러져 버릴 것같이 작고 말랑말랑한 여자다. 그는 숙명에서도 첫째 둘째를 다투는 미인이었다. 물론 정선은 숭에게는 달 가운데 사는 항아(姮娥)다." 이광수는 당시 독자들의 가독성을 염두에 두고 가난뱅이 청년 허숭이 감히 넘볼 수 없는 미인 정선에 대해 "달 가운데 사는 항아"라는 표현을 하였다. 그런데 지금 우리 독자들은 이 말을 실감나게 받아들일까? 아마 항아가 누구인지조차 모르는 독자들이 많을 것이다. 불과 백 년 전 까지만 해도 이 땅에서는 신화 속의 가장 예쁜 여인을 비너스가 아니라 항아라고 생각했다. 즉 항아는 미인의 대명사였다.

동양의 비너스라 할 항아는 원래 활 잘 쏘는 영웅 예(羿)의 아내였다. 어느 날 남편 예가 둘이 먹을 불사약을 구해 갖고 와 아내 항아에게 맡기고 잠시 외출했을 때 그녀는 욕심이 나서 혼자 다 먹어 버렸다. 그랬더니 몸이 둥둥 떠올라 하늘로 향해 가다가 달로 숨어 버렸다는 것이 그 유명한 '항아분월(姮娥奔月)' 신화이다. 항아가 달에 도착해 보니 계수나무 한 그루와 약을 찧고 있는 옥토끼 두 마리밖에 없어서 너무 쓸쓸했다. 그런데 최고 미인 항아가 달에서 고독하게 지내고 있다는 신화는 문인들의 상상력을 엄청 자극했다. 시인들은 앞을 다투어 항아의 미모를 예찬하거나 그녀에 빗대어 고독한 여인의 신세를 노래했다.

예컨대 당나라의 이상은(李商隱)은 여성 수도자의 외로운 심정을 "항아는 응당 불사약 훔친 것을 후회하리, 푸른 바다 푸른 하늘 밤마다 외로워라(姮娥應悔偸靈藥, 碧海靑天夜夜心)"(「항아(姮娥)」)라고 읊었다. 소설에서도 항아는 단골로 등장했다. 청나라 이여진(李汝珍)의 『경화연(鏡花緣)』을 보면 항아가 백화선자(百花仙子)를 핍박하여 하계로 떨어뜨리는 것이 소설의 발단이 되고 김시습의 「취유부벽정기(醉遊浮碧亭記)」에서는 항아가 절망에 빠진 고조선의 기씨녀(箕氏女)를 보살펴 준다. 이외에도 고소설이나 판소리 같은 데서 여주인공의 미모를 형용할 때 '월궁의 항아'라든가 '달나라의 선녀' 같다는 표현이 수도 없이 나온다. 항아는 나중에 과거 시험을 준비하는 선비들의 우상이 되기도 했다. 선비들은 달 속의 항아가 합격자를 위해 계수나무 가지를 꺾어 준다고 상상하였는데 이것을 '절계(折桂)'라고 했다.

그러나 항아의 신세도 기구했다. 유교 사상이 동양 사회를 지배하

모과를 선물로 받는다면

게 되면서 사람들(특히 남자들)은 남편을 배신한 항아를 그냥 두지 않았다. 급기야 항아가 벌을 받아 흉물스러운 두꺼비가 되어 달에 살고 있다는 악의적인 버전이 생겼다. 고구려 고분 벽화의 달 속에 두꺼비가 그려진 것은 이 때문이다. 서양에서는 시대마다 비너스가 다르게 그려진다. 비너스는 각 시대의 여성에 대한 욕망의 총체였다. 항아 역시 단순한 미인이 아니라 이처럼 당대의 욕망을 반영한다. 바야흐로 세상이 바뀌어 항아의 이미지도 변신 중이다. 중국에서는 사라진 여신을 호출하여 최근 발사한 달 탐사 우주선을 '항아 1, 2, 3호'로 명명하였다. 우리의 상상력이 그리스 로마 신화의 지배를 벗어나 항아가 최고 미인으로 다시 등극할 날은 언제쯤일까?

(2014. 6. 7)

제국의 조건

중국 대륙에서는 역사상 수많은 왕조가 흥망성쇠를 거듭하였다. 그러나 그중에서도 한(漢)과 당(唐) 왕조가 차지하는 정치, 문화적 역량과 지위는 남다르다. 그것은 중국을 지칭하는 접두어만 살펴봐도 드러난다. 가령 한으로부터 유래한 한족, 한자, 한문학, 한의학 등과 당에서 비롯한 당인(唐人), 당풍(唐風), 당진(唐津) 등의 용어들을 보면 그러하다. 우리가 과거에 군사적으로 강력했던 고구려나 문화적으로 찬란했던 통일신라를 그리워하듯 지금의 중국인은 한과 당을 떠올린다. 이른바 '한당성세(漢唐盛世)' 곧 '한과 당의 좋았던 시절'이 그것으로, 이 두 나라는 오늘날 중국이 '대국으로 부상하는(大國崛起)' 시점에서 그 목표가 되고 있다.

주목해야 할 것은 한당성세를 지향한다고 하지만 사실상 최종 목표는 '성당(盛唐)' 곧 '전성기의 당'을 재현하는 데에 두고 있다는 점이다. 왜 당인가? 그것은 당이 오늘의 글로벌한 현실에서의 강대국과 많이 닮았기 때문이다. 네그리(A. Negri)와 하트(M. Hardt)는 현재 세계를 통치하는 주권 권력을 제국으로 호칭한 바 있고 추아(A. Chua)는 목전의 강대국들이 로마 제국 등 역사상의 제국과 비슷한 속성을 지닌다고 진단한 바 있다. 이 같은 현대의 제국이 되고 싶어 하는 중국에게 당은 훌륭한 모델인 것이다.

당이 로마 제국처럼 동아시아의 제국이었던 것은 사실이고 글로벌 시대의 강대국과 유사성을 지닌 것도 사실이다. 당의 문화가 유례 없이 개방적이고 다양했던 점이 그 증거이다. 8세기 무렵 전 세계에서 인구 백만을 넘은 유일한 도시. 고대의 글로벌 시티라 할 당나라의 수도 장안(長安). 각종 각양의 인종과 문화가 몰려드는 상황에서 시인 이백은 고구려 춤을 두고 다음과 같이 읊었다. "금꽃 장식한 깃털 모자 썼는데, 백마는 천천히 돈다. 휠휠 넓은 소매 춤사위, 마치 해동에서 날아온 새와 같네(金花折風帽, 白馬小遲回. 翩翩舞廣袖, 似鳥海東來)."(『이백집(李白集)』 「고구려」). 고구려 춤만이 아니었다. 당시 장안에는 페르시아인들이 거주해 보석 가게를 하면서 금융업을 주도하였고 지금의 우즈베키스탄 등 중앙아시아 지역으로부터는 미인들이 흘러들어와 춤과 음악 등 예능 계통에 종사하였는데 이들을 호희(胡姬)라고 불렀다. 동남아 지역으로부터는 곤룬노(崑崙奴)라고 불리는 흑인들이 유입되어 하인으로 고용되기도 하였다.

당나라 소설 속의 다음과 같은 언급은 이국 문화가 들불처럼 번

모과를 선물로 받는다면

진 실상을 반영한다. "장안의 젊은이들 마음속에는 오랑캐의 생각이 깃들여 있다(長安中少年, 有胡心矣)."(진홍(陳鴻), 『동성노부전(東城老父傳)』) 당은 외국인에 대해 관대한 정책을 폈다. 이에 따라 최치원 등 신라인들이 과거에 합격하여 벼슬을 하고 많은 유학생, 유학승들이 당으로 몰려들었음은 익히 아는 사실이다. 이렇듯 개방적이고 포용적인 시책에 힘입어 대체로 안녹산(安祿山)의 난 이전까지 당 제국을 중심으로 동아시아 각국의 평화로운 공존이 유지된다. 이제 세계제국으로의 비약을 꿈꾸는 중국이 당으로부터 얻을 수 있는 교훈은 무엇일까? 주변부 타자의 역사와 문화에 대해 패권적인 태도를 버리고 겸허한 인식을 갖는 일, 바로 이러한 자세가 긴요할 것이다. 동북공정과 같은, 가장 밀접한 관계에 있던 이웃의 정체성을 위협하는 행위는 오히려 성당(盛唐) 재현을 저해하는 일임을 알아야 할 것이다.

(2014. 8. 2)

건국신화의 힘

1년의 여러 국경일 중에서 10월의 개천절이 주는 느낌은 남다르다. 삼일절이나 광복절처럼 근대의 특정한 역사적 사건을 기념하는 것이 아니라 아득한 옛날의 신화적 기억을 되살리게 하는 날이기 때문이다. 그러나 이 기억은 뚜렷한 실체가 없는 것 같지만 우리에게 묘한 울림으로 다가와 나름의 중요한 작용을 한다. 우리는 평상시 아무 생각 없이 지내다가도 개천절이 되면 문득 단군신화를 떠올린다. 즉 환웅천왕이 홍익인간의 뜻을 펴고자 하강했고 웅녀가 국조 단군을 낳아 최초의 우리나라가 탄생했던 일을 상기한다. 그러곤 새삼 우리가 곰 할머니의 자손이고 같은 겨레라는 일체감에 젖게 된다(물론 이러한 순혈주의적인 생각은 다문화시대인 오늘 당연히 수정되어야 하겠지만).

바로 이것이다. 건국신화는 집단에 정체성을 부여하고 나아가 공동체의 결속을 촉진하는 기능이 있다. 앤더슨(B. Anderson)은 신문, 소설 등의 서사가 구성원들에게 동시성을 조성하여 근대국가 성립에 일조했다고 보았는데 그 역할을 고대에는 신화가 했던 것이다. 고대국가뿐만이 아니다. 근대국가에도 신화는 필요하다. 미국은 건국의 역사가 짧아 신화가 웬 말이냐고 할지 모르지만 엄연히 있다. 다름 아닌 국부 조지 워싱턴에 관한 일화가 미국의 건국신화인 셈이다. 우리 귀에도 너무 익숙한, 워싱턴이 어렸을 적 아버지가 아끼는 벚나무를 도끼로 훼손했으나 정직하게 말해서 칭찬받았다는, 그이야기를 듣노라면 찍힌 벚나무 옆에서 어린 아들의 머리를 쓰다듬는 아빠의 장면이 떠오르면서 부지중 미국은 정직함을 숭상하는 나라구나, 역시 청교도 정신이 살아 있는 나라로다, 하는 식의 상념이 미국의 국가 이미지를 장식하게 된다. 그러니까 워싱턴 신화는 미국이 주장하고자 하는 건국이념과 정체성을 제대로 표현하고 있는 것이다. 바르트(R. Barthe)는 이러한 상념의 과정을 '2차 기호 체계'라고 명명하면서 신화는 곧 이데올로기의 체계라고 주장한 바 있다.

중국의 건국신화는 어떠한가? 고대의 황금시대라고 하는 요순 시절에 관한 신화를 살펴보자. 이 시대의 지도자들은 다 성인이고 어질어서 요는 순에게, 다시 순은 우에게 왕위를 양보했다. 그 결과 분쟁 없는 태평성대를 이룩할 수 있었다고 한다. 이러한 왕위 계승 방식을 선양(禪讓)이라고 하는데 서양의 왕권 계승 신화와는 큰 차이가 있다. 즉 그리스 신화를 보면 우라노스, 크로노스, 제우스 등이 치열한 골육상쟁을 겪은 후에야 세대 교체에 성공하기 때문이다.

그러나 『죽서기년(竹書紀年)』이나 『한비자(韓非子)』 등 반유교적, 수정주의적 성향의 고전들을 보면 선양은 유학자들이 만들어낸 허구이고 실상은 고대의 모든 정권 교체가 그러하듯이, 피로 얼룩진 폭력이었다는 흔적이 있다. 가령 『죽서기년』의 다음과 같은 언급을 보라. "요의 덕이 쇠하여 순에게 유폐되었다. 순은 요를 유폐하고 다시 (그 아들) 단주를 연금시켜 부자가 서로 보지 못하게 했다(堯德衰爲舜所囚. 舜囚堯, 復偃塞丹朱, 使父子不得相見也)." 우리나라의 증산교 경전에서도 요의 아들 단주의 한이 사무쳐 모든 재앙의 근원이 되었다는 이야기를 하고 있어 요-순의 왕위 계승이 결코 순탄치 않았음을 암시한다. 그럼에도 지금까지 동양에서 고대의 태평성대, 이상적인 시대를 떠올릴 때 요순시절을 운위하는 것을 보면 건국신화의 힘, 그 이데올로기의 위력이 얼마나 심원한지 알 수 있다.

(2014. 10. 4)

북두칠성과 청와대

고대 동양의 별에 대한 신앙에서 북두칠성은 각별하여 천계의 중심으로 상상되었다. 특히 샤머니즘에서는 이 별자리를 죽은 사람의 혼이 돌아가는 곳으로 생각하였고 이 때문에 후세의 도교에서는 북두칠성이 인간의 생사와 운명을 지배한다고 믿었다. 지금도 시신을 매장할 때 밑바닥에 칠성판을 까는 것은 망자의 혼이 이 별자리로 잘 돌아가라는 의미에서이다.

북두칠성의 의미는 이에 그치지 않고 정치적으로 확장되었다. 즉 천계의 중앙인 북두칠성에는 최고신인 옥황상제가 거하는 천궁 곧 자미원(紫微垣)이 존재한다고 상상했던 것이다. 나아가 최고 권력자인 천자가 사는 궁성(宮城)은 자미원 아래의 지상에 위치한다고 생각했는데 북경의 자금성(紫禁城)이 바로 그곳인 셈이다. 여기에서 임금은 오방 중에서 중앙이 아니라 북쪽에 자리하여 남쪽을 굽어본다는 관념이 생겨났다. 임금을 '남면존자(南面尊者)' 곧 남쪽을 바라보는 존귀한 사람이라고 부르는 것은 이 때문이다.

우리나라도 이러한 방위 관념을 따랐다. 가령 경복궁 근정전(勤政殿)을 보면 임금이 전각 안에서 남쪽을 향해 앉아 있고 섬돌 아래에서는 신하들이 각기 품석(品石)에 의거해 북쪽을 향해 기립하였다. 이뿐만이 아니다. 좌, 우의 위치 역시 북쪽에서 남쪽을 굽어보고 있는 임금을 중심으로 결정되었다. 예컨대 좌, 우의 수군절도사가 있었던 전라도의 경우 그 각각의 본거지인 좌수영(左水營)은 여수에, 우수영(右水營)은 해남에 있었는데 이것은 임금이 있는 한양에서 남쪽을 바라보았을 때의 좌, 우 위치였다. 경상도의 유학을 이퇴계(李退溪)를 중심으로 한 강좌(江左)와 조남명(曹南溟)을 필두로 한 강우(江右)의 두 학파로 나눈다. 이 경우에도 임금의 위치에서 내려다보았을 때 두 학자의 활동 반경이 낙동강 좌측이냐 우측이냐에 따라 강좌, 강우로 명명했던 것이다.

북두칠성과 관련된 방위 관념은 일찍이 중국에서 기철학과 결합

모과를 선물로 받는다면

하여 흥미로운 정치적 은유를 낳는다. 북송 시기 역학(易學)의 대가 소옹(邵雍, 1011~1077)에게는 다음과 같은 일화가 있다. 소옹이 낙양(洛陽)의 천진교(天津橋) 위를 벗과 거닐다가 문득 두견새 우는 소리를 듣더니 안색이 어두워졌다. 벗이 까닭을 묻자 그는 낙양은 북쪽이라 두견새가 없었는데 이제 그 소리가 들리니 조만간 임금이 남쪽 사람을 재상으로 등용하여 정치가 어지러워질 것이라고 대답하였다. 다시 또 그러한 이유를 묻자 소옹은 이렇게 말했다고 한다. "천하가 다스려질 때엔 땅기운이 북쪽에서 남쪽으로 향하고, 어지러워질 때엔 남쪽에서 북쪽으로 향한다. 지금 남쪽의 땅기운이 이르렀는데 새들이 그 기운을 먼저 느낀 것이다(天下將治, 地氣自北而南. 將亂, 自南而北. 今南方地氣至矣, 禽鳥飛類, 得氣之先者也)."(『송원학안(宋元學案)』「백원학안(百源學案)」) 과연 수년 후 신종(神宗)이 남쪽 출신인 왕안석(王安石)을 등용하여 무리한 개혁을 추진하였고 그 과정에서 온 조정이 분쟁에 휩싸이자 소옹의 선견(先見)에 감탄했다는 이야기이다.

사실상 최고의 권부(權府)인 청와대가 지난해에 문서 유출과 암투로 세인을 놀라게 하더니 새해 들어와서도 항명과 유언(流言) 등 상식 이하의 해프닝을 빚고 있다. 오죽하면 여야 막론하여 진심으로 우려스럽다고 했겠는가? 지금이 봉건왕조 시대는 아니나 제발 북두칠성의 자미원처럼 중심을 잡고 국민들이 불안해하지 않도록 했으면 한다.

(2015. 1. 15)